小學普通話
水平考試研究

陳瑞端　祝新華　等著

商務印書館

小學普通話水平考試研究

主　　編：陳瑞端

副 主 編：祝新華

作　　者：陳瑞端　祝新華　楊軍　溫紅博　黎秀薇

責任編輯：謝江艷

封面設計：張毅

出　　版：商務印書館 (香港) 有限公司
　　　　　香港筲箕灣耀興道 3 號東滙廣場 8 樓
　　　　　http://www.commercialpress.com.hk

發　　行：香港聯合書刊物流有限公司
　　　　　香港新界大埔汀麗路 36 號中華商務印刷大廈 3 字樓

印　　刷：美雅印刷製本有限公司
　　　　　九龍觀塘榮業街 6 號海濱工業大廈 4 樓 A

版　　次：2010 年 8 月第 1 版第 1 次印刷
　　　　　© 2010 商務印書館 (香港) 有限公司
　　　　　ISBN 978 962 07 1904 2
　　　　　Printed in Hong Kong

前　言

在大學教育資助委員會的經費支持下，香港理工大學中文及雙語學系（下設語文測試組）自 1994 年底開始研製"書面漢語水平考試"（Shumian Hanyu Shuiping Kaoshi，簡稱 SHSK）和"普通話水平考試"（Putonghua Shuiping Kaoshi，簡稱 PSK）。其中，"普通話水平考試"（PSK）在 2003 年 1 月通過國家語言文字工作委員會語言文字規範（標準）審定委員會的審定，認定其"三級六等"與國家普通話水平測試（PSC）"三級六等"的等級水平具有等效性。該考試適用於中三及以上文化程度的學生。自 2005 年開始，提供給香港理工大學所有就讀政府資助學士學位的學生應試；2008 年起，該考試向校外中學生及公眾人士開放。

研發測試工具，旨在準確地評定考生的語文水平，為語文教學提供有用的數據，以進一步提高教學質素，提升應考者的語文能力。為此，我們在中文、普通話評估領域開展了一系列的研究，如普通話水平等級描述、電腦自動評分系統、會考中文水平等級描述、小學閱讀評價標準、課堂發展性評估（提問－反饋）、閱讀能力層次及評估策略、中小學中文教師評估專業發展等。測試組同事還為中國內地、香港、新加坡的政府部門、大專院校、法定機構等擔任學術顧問、委員會委員，或接受委託、合作開展評估研究，並為中小學中文老師開辦以"促進學習的評估"為主題的閱讀評估、中文課內評估（焦點為課堂提問）的專業發展課程。其中，閱讀評估課程已有約 1,600 名中學中文任課老師、科主任或校長參加。

自 1986 年起，普通話科被正式納入小學課程。1998 年，香港政府進一步把普通話科列為中、小學的核心科目。經過多年的學校正規教育，香港小學生的普通話水平有了不同程度的提高。與此同時，香港的語言環境也發生了明顯的變化。作為國家通用語言的普通話，逐漸受到了社會、學校、家長和學生的重視。一些小學向我們提出了提供普通話水平評估服務的要求。

在這樣的背景下，基於十多年普通話考試研究和實測經驗，中文及雙語學系語文測試組於 2007 年成立小學普通話考試研究小組，研發"小學普通話水平考試"(Putonghua Proficiency Test for Primary Students，簡稱 PPTPS)，以準確評核小學高年級學生的普通話水平，展現小學普通話教與學的成果，並增進普通話教學的成效。

為編製與普通話課程緊密配合、重視實際能力、實施簡便的小學普通話水平考試，研究小組開展了一系列研究活動：分析研究文獻及《小學課程綱要：普通話科(小一至小六)》(香港課程發展議會，1997)、訪校觀課、召開焦點小組會議以了解學生平時學習表現及發展需要、組織專家評定學生的普通話能力、進行預測與先導性測試、定量與定性分析考試結果等。在此基礎上，我們發展並撰寫了考試框架、考試大綱、樣卷、考生指南等文件。《小學普通話水平考試研究》是根據先導性測試的實踐及評分結果進行分析、研究所得的報告，其中編題與評分方面的內容已根據近期的發展作出更新。

本書內容包括對普通話及其測試的認識、考試設計、編題策略與方法、評分劃等、先導性考試的定量分析、考試結構的驗證性因素分析、小學生普通話水平、影響普通話成績因素等課題。這些都是十分初步的研究，為了方便同行了解我們的"小學普通話水平考試"，我們先行把它們結集成冊。

上文所述的研究以參加先導性測試的 102 名小六學生作為樣本，研究結果只能在某種程度上反映小學生的普通話水平，現階段還不宜作一般的推論。同樣，由於樣本數量的限制，該研究未能採用現代測量理論的項目反應理論、概化理論和結構方程建模等方法分析測試。隨着考生樣本的增多，我們將進一步採用現代測量理論、方法開展更為深入的分析。

在考試研發過程中，我們細心聽取了考試專家及前線老師提出的寶貴意見。香港中文大學吳偉平教授指出："小學生普通話水平考試單獨成卷很有必要,因為口語表達能力受到年齡和知識結構的限制,用同一把尺子衡量成人和兒童的能力有欠公允,所以這一考試可以説填補了目前香港地區普通話水平測試的空白。"暨南大學中文系伍巍教授認為:"考核試題的設計在結構上比較合理,兼顧了普通話考核的共性,也考慮了香港方言區的個性。相信這樣的測試內容完全能保證測試的基本效度,達到預期的基本目標。"深圳大學湯志祥教授認為:"整體設計符合語言測試科學理論,切合測試目前香港小六學生的普通話學習與表達水平的要求。"

在測試發展、實施過程中,我們得到一些辦學團體及大量小學的支持。至 2010 年 3 月,考試已舉辦了六次,計有 120 餘所小學的 2,200 多名考生參加。目前,我們持續分析考試質量、小學生的普通話發展水平。在提高考試質量的同時,我們全力為促進香港小學普通話課程、教學、評估的進一步發展作出貢獻。在此,我們要特別感謝這些辦學團體及小學的支持。

本項研究是中文及雙語學系測試組普通話與中文能力評估研究的一個部分,在此我們要特別感謝該組全體同事為發展小學普通話水平測試作出的貢獻。他們在反思中求發展,在改進中求卓越。為出版這一著作,本書作者付出了不少努力,此外,張麗娜小姐等研究助理為此完成了大量的協助工作。在此一併致謝!

普通話測試是一項艱巨而複雜的工作,既有自身的規律,又必須隨着社會生活的變化而調整。由於水平及時間所限,我們的小學普通話考試的開發以及與本書相關的初步研究,難免存在着不足和疏漏。懇請專家和讀者不吝指教,以便我們不斷改進、完善。

陳瑞端 祝新華 謹識

二零一零年三月十八日

目　錄

第一章

對普通話及其測試的認識

在香港設計和開發普通話水準測試,除了要清楚普通話的性質、掌握測量原理外,還要了解普通話在香港語言體系中的定位、香港普通話課程及教學狀況。

第一節 普通話的性質

中國疆土遼闊，自古以來就存在着不同方言，但不同地區的人們必須有種共同語言來進行交流。據史料記載，周朝就已經出現了以國都豐鎬地區的語言為依歸的全國"雅言"。《論語》就有"子所雅言，詩、書、執禮，皆雅言也"的說法，雅言就是當時的共同語。秦漢之後，正音受到重視，全國有通用的官方語言，稱為通語。明代之後，出現了"官話"，清末才出現"國語"的說法。1911年清政府學部召開"中央教育會議"，通過《統一國語辦法案》，隨即成立國語調查總會，進行詞語、語法、語音等調查，審定"國語"標準，編輯國語課本和詞典，"國語"一詞開始通行。1912年民國成立後，召開"讀音統一會"；1913年議定國定讀音和"注音字母"。"五四運動"爆發後，推動北洋政府教育部成立"國語統一籌備會"，全國學校改"國文"科為"國語"科，開始聲勢浩大的"國語運動"（劉娟，2008；侯精一，1994）。

一、普通話的概念

(1) 何謂"普通話"

"普通話"一詞，由朱文熊於1906年首次提出，其解釋為"各省通行之話"（朱文熊，1957）。新中國成立後，於1955年召開"全國文字改革會議"，張奚若在該大會主題報告中說明：漢民族共同語早已存在，現在定名為普通話，需進一步規範，確定標準："這種事實上已經逐漸形成的漢民族共同語是甚麼呢？這就是以北方話為基礎方言，以北京語音為標準音的普通話。""為簡便起見，這種民族共同語也可以就叫普通話"（張奚若，1956）。中國的一些大型工具書，如《現代漢語詞典》、《漢語大詞典》、《中國大百科全書·語言文字卷》等也把普通話解釋為漢民族的共同語，現代漢語的標準語。

　　1956 年 2 月 6 日，國務院發佈的《關於推廣普通話的指示》對普通話的含義作了增補和完善，正式將普通話定義為 "以北京語音為標準音，以北方話為基礎方言，以典範的現代白話文作為語法規範" 的民族共同語 (國務院，1956)，並在全國範圍大力推廣；"普通話" 一詞開始以此明確的內涵被廣泛應用。

(2) 普通話和國語的關係

　　關於普通話和國語的關係，有兩種典型的觀點。

　　一種觀點認為，普通話就是國語。因為《中華人民共和國憲法》規定："國家推廣全國通用的普通話。" 普通話既然全國通行，自然就是中國的國語 (蘇培成，1998)。

　　另一種觀點認為，普通話不能簡單地等同於國語。多位學者從各方面提出了理由，如：(i) 國語過去是北京話的別名，稱北京話為國語，會助長大漢族主義思想 (倪海曙，1956)；(ii) 普通話是口語而非書面語，國語是普通話和現代漢語書面語的統稱。中國各民族的語言和文字，應統稱為 "華語" 或 "中國語"(Chinese) (丁安儀，郭英劍，趙雲龍，2000)；(iii) 國家早已把普通話定義為國家的通行語言，再將名稱改為 "國語" 實無必要 (劉娟，2008)。

　　"普通話" 與 "國語" 是既有區別又有聯繫的兩個概念。它們分別被中國大陸和台灣的民眾用來指稱民族共同語，在這一點上，它們只是對同一概念的不同叫法；但是 "普通話" 一般只指民族共通的口語，而五四以後所流行的 "國語" 或者台灣民眾目前所用的 "國語" 一詞，則包含了口語和書面語。從這個角度看來，"國語" 所指稱的範圍比 "普通話" 大；不過，為了避免 "大漢族主義"，重新使用 "國語" 一詞來代表以北京話為主要依據的民族共同語也不妥當。

(3) 普通話、華語、漢語和中文

現在海外不少地區把全國通行的共同語稱為"華語",中國大陸的語言學界稱之為"漢語",而"漢語"一詞更隨着世界各地所興起的"漢語熱"而日見普及。但這兩個名稱對香港人而言,都顯得比較陌生。香港民眾習慣把現代白話文稱為"中文";廣義的"中文"當然包括口語和書面語,然而在香港的特殊環境中,口頭的中文指的是絕大多數香港人慣用的粵語,"普通話"是民族共通的口語,在香港的學校體系中,"普通話"是獨立於"中國語文"科以外的一門口語科目。現在不少學校嘗試用普通話教中文,但普通話依然作為獨立科目,學生在應付公開考試的時候,中文科的口語部分,通常選擇用粵語作答。可以看出,普通話在香港的使用範圍雖然逐步在擴大,但是還沒有成為香港民眾的習慣用語之一,乃至於大部分學生對使用普通話還沒有足夠的信心。

二、普通話在香港地區語言體系中的定位

自香港在中小學開設普通話課程後,有關普通話在香港屬於第一語言還是第二語言的問題,引起了很多討論。這個問題牽涉到普通話在香港課程體系中的基本定位,以及普通話課程的發展、教學方法的設計等許多重要方面。

(1) 粵語和普通話的關係

由於香港歷史和環境的特殊性,粵語和英語在香港的地位比較特殊。中文和英文同樣是香港的法定語言,但是香港所通行的中文,在口語方面指的是粵語,在書面語方面,雖然也跟中國大部分地區一樣使用現代白話文,但"港式中文"體現出不少本地特色,例如夾雜了不少方言詞語和句式,以致不懂粵語的華人有時候看不懂香港的中文報紙。粵語是絕大多數香港人日常使用的口語,和普通話雖然屬於同一個語言體系,但它們的語音和詞彙卻有很大差別,因此不少學者不贊同將普通話簡單定性為香港人的

母語或第一語言。

　　歐陽覺亞 (1993) 從語言學角度出發，指出粵語和普通話是方言和共同語的關係。二者是同源語言，同屬於漢藏語系。粵方言有大量漢民族共同語成分，無論在語音、詞彙或語法方面，都跟漢民族共同語有所重合；兩者之間的分別主要體現在兩方面，第一，粵方言保留了較多的古漢語成分，例如韻母閉塞音和唇音韻尾以及聲調陰陽分類的格局；第二，粵語在形成發展中，創造出許多方言詞語，為普通話和其他方言所沒有。

　　普通話和粵語既是共同語與方言的關係，普通話對於香港人來說就不是一種外來的第二語言；但是粵語跟普通話之間明顯的語音和詞彙差異，又使得人們不可能把普通話看成是香港人的第一語言。兩難之中，有學者提出另外一種說法，認為普通話是介乎第一、第二語言之間的"第一個半"語言 (黎歐陽汝穎，1997)。也有的學者不認同這種觀點 (黃月圓，楊素英，1998)，因為從語言習得的角度來看，"互相可理解性"(mutual intelligibility) 是語言學家經常用來劃分不同語言的標準。粵語和普通話互相不可理解，因此應該把普通話看成是香港人的第二語言。再從學習環境和方式來看，香港是一個以說粵語為主的社會，香港孩子的家庭語言是粵語，他們在自然的語言環境中接觸的是粵語，自然習得的也是粵語而非普通話。只不過這種"第二語言"是特殊的，因為普通話和粵語還有很多相似的地方，例如中華文化、相似的語法結構等。

　　以上有關"第二語言"定義的討論，主要是從語言學的角度出發的。但是一個不可忽略的事實是：語言是社會的產物。語言的發展、使用和傳播，固然有自身的規律，但也時時刻刻受着各種社會、政治和經濟因素的影響。社會語言學的研究告訴我們：決定不同語言之間到底是方言與方言 (或方言與共同語) 的關係，還是不同語言之間的關係，除了看它們之間是否同源、是否互相可以理解外，還往往是政治方面的考慮。歐洲很多語言之間的相互理解程度很高，例如同屬於拉丁語系的法語、意大利語、西班牙語、葡萄牙語，它們有相同的來源，有不少共同的詞語和語法特點，也有不少相同的文化內涵，但是由於說這些語言的民眾在政治上屬於不同的國家，所以他們所說的語言就被視為不同的"語言"，而不是同源的方言。意大利人學習西班牙語，或者葡萄牙人學習意大利語，都是在學習一種"第二語言"，可見單憑一個學生的母語和他所學習的另一種語言是否可以互相理解，而決定這個學生是否在學習一種第二語言，這是不夠的。

正因為"語言"與"方言"的概念裏面有那麼多非語言的因素在起作用，一切企圖單從語言學的角度為"語言"和"方言"下定義的努力，可以說都是徒勞的；而據此來論證，到底普通話在香港算是第一語言、第一個半語言還是第二語言，也顯得論據不足。其實我們之所以要確定普通話的身份，主要是基於教學上的需要，因此我們不妨單從語言學習的角度來看待這個問題。所謂第一語言，是一個人出生以後學習的第一種語言。所有第一語言都是在自然環境中習得的，與一個人的生理成長和智力發展同步進行。在掌握第一語言以後再學習的另一種語言，通常是在成人階段或者兒童開始入學以後在學校的環境裏學習的，不管這種語言跟學習者的第一語言是完全不同的語言，還是有相同來源的方言，其教學模式和學習者心理、策略等，跟學習第一語言往往存在相當大的差異，因此我們可以根據語言學習情況，把所有學習者已經掌握了第一語言以後再學習的另一種語言（或方言）統稱為"第二語言"。根據相同的教學考慮，"第二語言"也包括了一個人所學習的第三種、第四種或以上的語言。根據這種觀點，我們可以把香港學生的普通話學習看成是第二語言學習。

(2) 香港普通話的學習模式

通過正規教學活動學習第二語言，其中一個特點是有系統地講解語音、語法規則等語言知識，這些知識，經過不斷操練，可能逐漸程式化，當認知內化後便會發展出流暢的口語。但是第二語言教學的課堂環境往往存在不利於語言學習的因素：第一，口語練習機會少，傳授語言知識多，教師經常用考察手段檢查知識的掌握；第二，口語練習少，有意義的口語交流更少，課堂缺乏交流氣氛，學生沒有表達慾望，鞏固知識的機械式練習過多，學生對口語練習失去興趣(吳旭東，2006；張勵妍，2007)。第三，典型的課堂對話一般都呈現"提問—回答—評價"的結構，這種高度程式化的對話模式，跟日常生活交談不同，不利於交際能力的培養與提升；第四，教師通常是控制教室話語的人，所有話題基本上都由教師選擇，教師也往往會事先提示下一輪談話是甚麼主題；但是在一般日常對話中，參與談話的人不一定有這種權利(Couthard，1985)，可見教室裏的環境跟真實生活裏的語言環境有一定的差距。香港缺乏普通話語言環境，大多數香港人都是在教室環境裏通過正規課堂活動學習普通話，因此也存在很多課堂語言學習所面臨的不利因素，這是香港學生比較難以熟練地使用生活化普通話的主要原因。

　　普通話的"民族共同語"身份當然是其他方言所無法匹敵的，但是在語言和教育體制完全可以自主的香港特區，"民族共同語"的地位並不比粵語高。粵語作為九成香港人的日常用語，在香港扮演着非常重要的角色。直到近十多年，隨着內地移民人數的增加、跨交往活動的逐漸頻繁，普通話在服務和零售行業裏的使用頻率不斷增加，普通話的重要性才得到提升。在學校以外另有普通話的使用環境，這一語言狀況的改變，將為香港的普通話教與學帶來一定的衝擊和影響，值得香港普通話課程設計者和教學人員關注。

第二節 語言能力及普通話能力

有關語言能力的定義，或來自語言教學大綱，或來自一種關於語言能力的一般理論 (Bachman，1990)。語言教學和語言測試既要面向理論，又要面向實踐，而無論在理論層面還是在實踐層面，語言能力都是一個核心問題 (陶百強，2004)。清楚明晰地界定語言能力，是對語言測試研究提出的最基本要求，它關係到語言測試要評核甚麼、如何評核測試等重要問題。

一、語言能力觀

研究語言發展時，人們通常將語言成分劃分為語音、語詞、語法和語用四部分 (Bialystok，2001)。

在 20 世紀語言學中，"語言能力"是一個很常見的詞語；但是在英文中有好幾種不同的説法：ability、capability、capacity、competence、knowledge、skill 和 proficiency 等。學者葉連祺對這些概念作了區分 (2005)：ability 是廣義的基本能力，capability 是潛在尚未開發的能力，capacity 是執行的能力，competence 是較狹義和職務工作有關的能力，knowledge 是經教育、訓練或經驗歷程所得的能力，skill 是做好事情的能力，proficiency 是經過培訓和練習而達到的能力，可見這些概念之間有細微的差別。其中，competence，knowledge 和 proficiency 等概念，由於都包含學習、訓練、完成交際任務等內涵，因此經常在學校的教學和測試環節中使用。

此外，語言學家 Chomsky 把語言能力分為兩種：competence 和 performance (Chomsky1965)，其中 language competence 是一種內在的對語言規律的掌握，而 language performance 是外在的語言表現。

語言的外在表現，受不少客觀因素影響，因此難以把握和研究。
Chomsky 的這種語言觀，雖然關注語言能力，但卻忽略了真正使用
中的語言和語言的社會功用。為了修正 Chomsky 的觀點，Hymes
(1972) 提出交際能力 (communicative competence) 的概念。他認為
一個人要具備交際能力，除了掌握語法規則、詞彙及所有其他語言
成分之外，還必須知道如何利用這些成分生成句子、組織篇章 (語
言學能力)，更需要一些社會交際的規則，知道如何結合不同環境
和交際目的使用最恰當的語言 (交際能力)。Hymes 對語言能力的
這些看法，有助於克服語言教學中死記硬背語言規則的形式主義做
法。至於語言測試的目的，就在於檢驗應試者是否具備某些語言學
能力，並且具備一定的交際能力，懂得利用這些知識構成合乎語法
和符合人們使用習慣的話語，以完成特定的交際任務。不過，有關
語言測試的討論，也經歷了從着重語言知識，到着重交際能力的發
展過程。

1. 技能成分觀

Lado (1961) 認為，語言測試涉及兩個變量：成分 (Elements) 和
技能 (Skills)。語言成分指語音、語調、重音，以及詞彙和詞彙在
語言學和文化方面有意義的排列等。語言技能則指聽、說、讀、寫
等能力。語言成分在語言中從不會獨立存在，往往被整合起來使
用，體現為特定的語言技能，但它們卻能夠被分項，並接受獨立測
試。

Carroll (1961) 認為語言測試應該驗測以下方面的語言內容：
(1) 結構性知識 (形態學或句法)；(2) 詞彙知識 (詞彙和慣用語)；
(3) 聽力辨析 (音素、音位變體、超音段特徵)；(4) 口語表達；(5)
朗讀 (發音和重音)；(6) 書寫；(7) 聽力理解的速度和準確率；(8)
口語的速率和質量；(9) 閱讀理解的速度和準確率；(10) 寫作的速
度和準確率 (轉引自張凱，2006)。當中前兩項牽涉知識；後面幾
項牽涉技能。

技能成分觀以 Lado (1961) 和 Carroll (1979) 為代表，該理論在語言測試領域影響很大，分點式測試就是技能成分觀的產物 (張凱，2006)。

2. 單一語言能力觀

由於技能成分觀無法説明成分和技能之間是如何相互聯繫的，而且也忽視了語言使用的環境，因而分點式測試也受到了質疑。1979 年 Oller 運用主成分分析法提出的單一語言能力假説 (Unitary Competence Hypothesis，UCH) 認為，人的語言能力是個整體，可用綜合性的完形填空和聽寫來衡量語言能力，這種綜合式測試 (The Integrative Approach) 可用以全面評價被試的總體語言水準 (Oller，1979)。

3. 語言交際能力觀

不過，也有學者認為 Oller 的單一語言能力觀存在缺陷，驗證方法也有錯誤 (Hughes，1989；Baker，1989)，例如選用的測試相似，沒有口語測試部分；被試的異質性程度很高；重複研究並不能得到相同結果等。

隨後，Hymes (1972) 提出交際能力概念 (Communicative Competence)，認為交際能力包括：(1) 語法性 (Grammaticality)，即交際時所説的話要合乎語法；(2) 可行性 (Feasibility)，有些句子雖然合乎語法，但由於組合起來過於複雜，難以理解，就很少會在交際中使用，即不具備可行性；(3) 得體性 (Appropriateness)，實際交際中的語言除了要合乎語法外，還必須在特定的情境中顯得得體。此後，一些學者提出自己的理論模型來解釋語言交際能力。影響較大的有 Canale 和 Swain (1980) 提出的四能力説：(1) 語法規範能力 (Grammatical or Formal Competence)，各種語言知識包括詞彙、語法、語音等；(2) 社會語言能力 (Sociolinguistic Competence)，在不同的場景、對話者和不同的話題情境下，恰當運用語言知識規則的能力；(3) 交際策略能力 (Strategic Competence)，交際時如何開始、維持、調整和轉化話題等；(4) 語篇能力 (Discourse Competence)，組織連貫而非獨立句子的能力 (陶百強，2004；McNamara，2000)。

　　另外，Bachman (1990) 提出的交際能力模型 (圖 1-1)、語言能力 (Language Competence) 框架 (圖 1-2)，對往後語言能力的討論產生了頗大影響：

圖 1-1　交際語言能力模型 (Bachman，1990，頁 85)

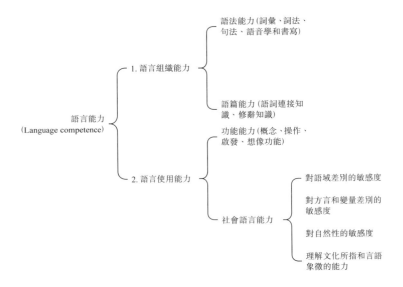

圖 1-2　Bachman 的語言能力框架 (Bachman，1990，頁 87)

　　Bachman 的交際能力模型、語言能力框架揭示了語言能力和語言表現的實質，也為語言測試提供了理論基礎。

二、設立能力評定項目的要求

　　針對語言能力的不同內容，我們可以從不同的方面加以評估，或者說運用不同的項目測定學生不同方面的語言表現，這些語言項目應該具備以下特點 (祝新華，1991)：

　　1. 獨立。語言測試考察的語言能力側重點必須清晰，例如語音和書寫所考察的項目和重點就有很大的不同，並且各種語言能力的考察要選擇恰當的題目形式，以保證試題的信度和效度。

　　2. 全面。語言測試對考生的語言能力要進行全面的檢測。從聽力到語音，再到朗讀、說話和書寫，對考生聽說讀寫的技能要有一個全面的考察，並且這種全面的考察是建立在情境中的，目的是為了使考生能夠真正實現語言學習的目的：溝通和交際。

3. 可測量。某方面的語言能力必須是可以使用相應的方法加以評核的；如聽力測試可評核考生聽懂題目、理解所聽語段內容的能力，對目的語社會文化背景的了解，以及一些判斷推理能力等。說話測試可用來考察學生的表達和交流的能力等。每種語言能力的測試形式，都要有具體可測的考點和考核項目，也就是說要具有可測量性和可操作性。

三、普通話測試中的能力評核項目

普通話水準表現為以下三種能力的結合：掌握普通話語音的能力；掌握普通話詞句結構的能力；用普通話進行交際的能力（陳建民，2001；施仲謀，2001）。

香港最早的普通話測試由香港考試及評核局所開發，於 1988 年推出，供公眾人士應考，兩年後推出普通話高級水準測試（已於 2008 年 3 月以後停辦）。兩個考試的內容都包括聽力、譯寫和口試三部分。聽力和譯寫以筆試方式進行，口試則包括朗讀和說話；說話包括看圖說話、按題說話，以及跟考官對話，不包含情景因素。此外考評局於 2000 年推出會考普通話科，共設四種試卷，分別考核聽力、譯寫、口試和語言知識及應用，均為必考項目。

美國應用語言中心於 1986 年推出漢語 "模擬口語水平面試" (Simulated Oral Proficiency Interview，簡稱 SOPI)，其中的口語測試分為三部分：(1) 試前準備，包括十道簡單的問答題；(2) 看圖說話，簡單的問答，根據圖畫提示和自身經歷回答描述性問題；(3) 情境題目，要求學生根據虛擬的情境作不同的事情（吳偉平，2001）。這一測試的目的在於評定語言基本能力及實際運用能力。

香港教育學院普通話選科生離校水準測試內容包括：口試（單音節、雙音節字詞朗讀；短文朗讀；說話）和筆試（聆聽：辨音和聆聽理解；譯寫與辨認：拼音和詞彙語法辨認）（吳麗萍等，1999），測試學生的普通話聆聽、辨認與譯寫以及口語交際等能力。

至於在校學生，林漢成、唐秀玲等 (1999) 根據 Bachman 的語言能力框架 (參見圖 1-2)，提出 "香港小學生現代漢語能力分析架構" 的設想。由於課程、教材和教學時間所限，香港小學生很難達到 "功能能力" 中的 "啟發功能" 和 "想像功能" 的訓練要求，而四種 "社會語言能力" 的要求更是過高，因而針對香港的情況提出香港小學生現代漢語能力分析架構 (圖 1-3)。

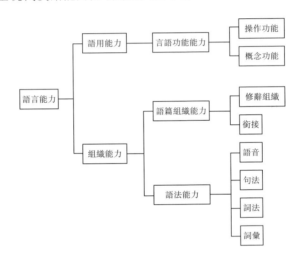

圖 1-3　香港小學生現代漢語能力分析架構 (林漢成等，1999，頁 7)

這裏的 "概念功能" 指運用語言表達意見或交流有關知識或感情。比如，在一些圍繞生活、學習或社會事物而進行的討論中，運用概念語言來表達意見。也可以運用概念語言表達感情，例如對一個好朋友或者在日記中傾訴情感 (Bachman，1990)。"操作功能" 是對周圍的世界發生影響的語言功能。主要指通過提出建議、要求、命令等方式去完成一些事情，如要求別人幫自己拿東西或向人家道謝，都是通過語言完成了一些動作 (Bachman，1990)。這兩方面的語用能力，應該是香港的小學生力所能及的。

此外，教師語文基準專責小組 (2008) 參與發展的普通話基準測試，主要測試教師下述四種能力：1. 聆聽與辨認；2. 漢語拼音的拼寫和譯寫；3. 朗讀、拼讀與説話；4. 課堂語言運用，分綜合性的能力和離散項目分析。其中，綜合性能力再分表達能力、聆聽能力、朗讀能力、書寫能力、糾正能力；離散項目分析再分語音和教學用語。每小項盡可能從定性和定量兩個方面加以説明。無疑，前三種能力是屬於對普通話能力的考核，而第四種是普通話教師應具備的課堂普通話實際運用能力。

何國祥、張本楠等 (2005) 認為，香港普通話教師的知識和能力結構應該包括諸多方面：如普通話知識、普通話能力、語言理論、語言教學法等，而其中的普通話知識包括：普通話語音和廣州話語音比較、現代漢語口語語體及詞彙、現代漢語口語語法。普通話能力則包括拼音、聽力 (聽辨、聆聽理解能力) 和口語能力等。

以上有關普通話知識、能力要求的研究和現有普通話測試的內容考察，對我們進行普通話能力的分類有一定的啟發。在此，我們特別強調，語言學習的最終目的在於交際，而語用能力又是交際能力的核心。如果語言教學只集中在語言知識的傳授上，而忽視對學生語用能力的培養，不僅違背了語言學習目的在於交際的原則，而且也會使語言教學顯得枯燥乏味，無法調動學生學習的興趣。在目前的香港普通話教學實踐中，重語言知識講解，輕語言能力運用的傾向仍然明顯。因此，重視語用能力仍然是香港普通話教學與評估的努力方向。

第三節　語言測試原理

普通話測試的發展，必須遵循語言測試的理論、方法和實踐要求，同時要體現測試發展的新趨勢。

一、語言測試的流派

語言測試理論的發展經歷了三個階段，即傳統語言測試、心理測量－結構主義語言測試、心理語言學－社會語言學語言測試階段（李筱菊，1997；陶百強，2004），主要情況見表 1-1。

表 1-1　三代測試體系的理論與實踐

測試發展階段	語言觀	語言學習觀	代表人物及觀點	測試內容	測試題型
傳統語言測試階段（德國學派）	語言是一套語法規則。	學習語法規則，閱讀原著和雙語互譯。	Wood (1991) 認為，語言是一套知識，包括語法知識、詞法知識、語音知識等。	考核記憶的語法規則知識、命題作文、雙語互譯、文學評論。	主觀題：詞形變化、語法分析、命題作文、雙語互譯、文學評論。
心理測量－結構主義語言測試階段（美國學派）	語言是一套形式結構系統。	學習語言操作語言形式的各項技能。	以 Bloomfield 為首的結構主義語言學家認為語言是一套形式結構，是一套習慣（a set of habits）；以 Skinner 為首的美國行為主義心理學家認為，語言是一連串的刺激－反應過程。	考核脫離語言使用環境的聽說讀寫技能和語言點。	客觀題：聽說讀寫分項技能；語法、詞彙語言點。

測試發展階段	語言觀	語言學習觀	代表人物及觀點	測試內容	測試題型
心理語言學－社會語言學語言測試階段(英國學派)	語言是多種因素構成的交際能力。	學習由多種因素化合在一起的交際能力。	海姆斯(Hymes)認為語言使用涉及社會文化因素，語言交際能力(communicative competence)不僅包括語法能力，還包括組織篇章能力和語用能力。	考核運用語言完成交際任務的能力。	主觀題：完成交際任務。

(參考自：文秋芳，1999)

李筱菊(1997)對這三個發展階段的特點作了以下說明：

第一時期語言測試體系，從內涵上分析，所教所考的應該是知識；從外延上分析，語言主要還是語音、語法、詞彙三大形式系統(外延有時會稍微擴大，兼講背景知識、修辭知識等)。

第二時期語言測試體系，從內涵上分析，所教所考的應該是技能；在外延上比第一時期語言測試體系更加嚴格限定於三大語言形式系統，因為結構主義學派認為，學語言就應該學語言，而不必去學"關於語言"的知識。

第三時期語言測試體系，在內涵上突破了前兩個時期的局限，認為知識和技能應質變為能力，認為所教所考的應該是能力；在外延上，海姆斯交際能力的提出，意味着語言觀外延擴展，交際能力包括交際中所需要的語言能力和超出語言的能力。圖示 1-4 可簡明地表明它們之間的關係：

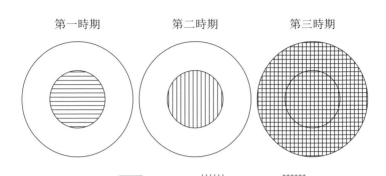

圖 1-4　三個測試發展時期的語言觀 (李筱菊，1997，頁 9)

可以看出，人們對語言測試的理解有個不斷深化的過程。我們認為，語言測試不僅要測試語言知識規則以及各種分項技能，還要重視考察學生在真實情境中的語言運用、綜合交際能力。香港理工大學中文及雙語學系開發的"小學普通話水準考試"力圖綜合各種語言測試理論的長處，客觀題和主觀題並用，重視對"交際能力"的考察，將評核重點放在聆聽和口語表達方面，同時也兼顧了語音、詞彙、語法等基本語言點。

二、語言測試的分類

依據不同標準，語言測試可有多種分類：

(1) 依據測試方式，測試可分為分點式測試、綜合式測試和交際性測試。

分點式測試又稱單項測試。這種測試將內容分為若干細小的方面，如把語言知識分為語音、語法、詞彙等，把語言技能分為聽、說、讀、寫等幾個方面，然後分門別類地編製試題。

綜合式測試是把各種語言知識、技能、能力進行交叉相互滲透的測試，以衡量學生的綜合語言能力。一個試題往往同時測量幾個方面的知識和能力。

交際性測試是一種測定學生在實際生活中運用語言進行交際能力的測試。

(2) 依據答題形式，語言測試可分為口頭測試、書面測試和操作性測試。

口頭測試簡稱口試。要求學生口頭回答問題，或進行演講、朗誦、背誦，主要用以衡量學生的聽、説能力。

書面測試簡稱筆試，要求學生書面回答問題，考核的內容包括多個方面。

操作性測試，要求學生通過實際操作，來評定學生的某些技能。

(3) 依據目的要求，測試可分為難度測試和速度測試。

難度測試，提供充裕的答題時間，測定學生的能力水準。試題有難易程度，等級差異，百分之九十五以上的學生都有時間做完全部試題。

速度測試。嚴格限制時間，測定學生完成問題速度的快慢。試題難度相等，但題量很大，即使是最好的學生也難以做完全部的試題。

(4) 依據實施時間和功能，測試可分為安置性測試、形成性測試和總結性測試。

安置性測試，是在一個新教學階段開始之前，為了解學生是否具備學習新內容的知識、能力基礎，或為按水準分組、分班、設計教學計劃提供依據。

形成性測試。在教學過程的某特定階段進行，以了解學生在這一階段達到教學目標的程度，發現存在的問題，調整教學過程。

總結性測試。在一個完整階段的學習之後，對學生的學習進行全面的總結性評定。

(5) 按分數的解釋方式來分，可分為常模參照式測試和目標參照測試。

常模參照測試，是考察一個人的成績在一個群體中的位置，顯示的是個體的能力差異。

目標參照測試是參照一個規定好的標準，對學生的測試結果進行解釋。

(6) 按用途來分，可分為成就 (achievement) 測試、性向 (aptitude) 測試、診斷 (diagnostic) 測試和水準 (proficiency) 測試。

成就測試測的是學生學習後所達到的程度。

性向測試測的是未來學習的能力，用來預測未來學習是否能夠成功。

診斷測試目的在於找出學生學習失敗或錯誤的所在。

水準測試就是通過特定語言項目的測試來鑒定被測對象掌握語言能力的一種測試。

理工大學所開發的"香港小學普通話水準考試"屬於語言水準測試。水準測試的目的在於顯示被測試者語言水準的差異，即能區分考生水準的高低，因而這種水準測試立足於過去和現在而又預示未來 (張德鑫，1997)。然而，對於香港小學生的普通話水準要求、考核內容等，設計者仍考慮了課程、學生學習狀況等因素，以便更好地體現目標參照測試的特點。

三、語言測試等級標準

測試等級標準主要用以解釋測試結果，說明學生達到的語言水準。由於命題者擬題、學生應考都會參考這一文件，因此它對於教學、測試都有一定的影響作用。以下表 1-2 例舉幾個說話等級標準，以資參考。

表 1-2　美國外語學會擬定的說話能力的判斷準則

	功能任務及功能	語境 / 內容	準確性	篇章類型
初級	能用背下來的現成語料進行最低限度的對話。	最常見的非正式、日常生活場景。	即使習慣與非本族人打交道的人，也可能難以聽懂。	單詞和短語
中級	能創造語言，能用提問、回答的方式開始、保持並結束簡單的會話。	一些非正式場合和少量的事務性處理的場景 / 可預料的、熟悉的日常生活話題。	在有些重複的情況下，能讓習慣與非本族人打交道的人聽懂。	不成段（彼此無邏輯聯繫）的句子
高級	能敘述和描述，能處理預料不及的情景。	絕大多數的非正式場合，一些正式場合 / 普遍性話題和說話人感興趣的話題。	能使不習慣與非本族人打交道的人，很容易地聽懂。	段落
最高級	能充分展開討論話題，支持觀點；能處理從未遇到過的語言情景任務。	絕大多數正式和非正式場合 / 廣泛的普遍性話題和一些專業領域話題。	在語言的基本結構中部出現定勢性的錯誤；語誤不影響談話，也不會分散對話者的注意力。	擴展段落

（參考自：陳雅芬，2007）

　　北京語言大學漢語水平考試中心開發的"中國漢語水平考試（HSK 高等）"是標準參照性考試，其口試按照五級評分制評分，以三級為合格線。口語五級標準如表 1-3 所示：

表 1-3　HSK（高等）口語考試等級標準

等級	等級標準
五級	內容充實，能用語音語調較純正的普通話得體流利地表達思想。詞彙豐富，使用恰當。能比較形象、生動地描述事物，語氣自然。語法結構清楚，能較熟練地使用漢語中常用的口語句式，並能根據交際需要變換句式和說法。有極個別語音、語法錯誤，但不影響交際。口語表達接近以漢語為母語者。
四級	內容較為充實，詞彙較豐富且使用正確。語音、語調較好，語氣不生硬，表達尚流利得體，但時有不恰當的語音停頓。語法結構基本清楚，有個別語音、語法錯誤，但不影響交際。

等級	等級標準
三級	內容尚完整，語音、語調基本正確，能較清楚地表達思想。詞彙較豐富，但有時詞不達意。語言尚流利，但不恰當的語音停頓較多，有一些語音語法錯誤，基本上不影響交際。
二級	基本能表達思想，但內容不充實。有一定的詞彙量，但往往詞不達意。語音、語法及詞彙使用上的錯誤較多，常常影響交際。
一級	能表達一定的思想，但較零亂。語音、語法及詞彙使用上的錯誤很多，以致嚴重影響交際。

（參考自：劉鐮力，1997，頁 173）

　　歐洲語言教學與測試標準 (CEF) 將考生的語言水準、等級級別、所具備的實際交流能力一並列出，作出詳盡的等級描述，說明考生在聽、說、讀、寫四項技能上所具備的典型能力，例如"能夠做自我介紹"、"能夠在社交、學術交流及工作環境下靈活及有效使用語言"。歐洲語言教學與測試標準把語言水準劃分為三個等級：

A 初級使用者 (Basic user)

B 獨立使用者 (Independent user)

C 精通使用者 (Proficient user)

　　每個等級都分為二個級別：A1、A2，B1、B2，C1 和 C2。

表 1-4　歐洲共同語文參考架構整體級別

等級名稱	等級級別	等級描述
精通使用者	C2 (精通級)	能輕鬆地了解幾乎所有聽到或讀到的資訊。能將不同的口頭及書面資訊作摘要，並可以連貫地重做論述及說明。甚至能於更複雜的情況下，非常流利又精準地暢所欲言，而且可以區別更細微的含義。
	C1 (高級)	能理解廣泛領域且高難度的長篇文章，而且可以認出隱藏其中的意義。能流利自然地自我表達，而且不會太明顯地露出尋找措詞的樣子。針對社交、學術及專業的目的，能彈性且有效地運用語文工具。能針對複雜的主題，創作清晰、良好結構及詳細的篇章，呈現運用體裁、連接詞和統整性構詞的能力。

等級名稱	等級級別	等級描述
獨立 使用者	B2 (中高級)	針對具體及抽象議題的複雜文字，能了解其重點，這些議題涵蓋個人專業領域的技術討論。能與母語人士經常作互動，有一定的流暢度，且不會讓任一方感到緊張。能針對相當多的主題，創作清晰詳細的篇章，並可針對各議題來解釋其觀點，並提出各種選擇的優缺點。
	B1 (中級)	針對一般職場、學校、休閒等場合常遇到的熟悉事物，能了解清晰且標準的資訊的重點。在目標語言地區旅遊時，能應付大部分可能會出現的情況。針對熟悉或私人感興趣的主題，能創作簡單有連貫的篇章。能敘述經驗、事件、夢想、希望及抱負，而且對意見及計劃能簡短地提出理由和說明。
初級 使用者	A2 (初級)	能了解最切身相關領域的句子及常用詞（例如：非常基本的個人及家族資訊、購物、當地的地理環境和工作）。能夠針對單純例行性任務進行溝通，這些任務需要對熟悉例行性的事物作簡單直接的資訊交換。能以簡單的詞彙敘述個人背景、周遭環境、及切身需求的事務等方面。
	A1 (基礎級)	能了解並使用熟悉的日常用語和詞彙，滿足具體的需求。能介紹自己及他人，並能針對個人細節，例如住在哪裏、認識何人以及擁有甚麼事物等問題作出問答。能在對方說話緩慢而且清晰，並隨時準備提供協助的前提下，作簡單的互動。

（莊雅茹譯，2007，頁 22。英文原版見 Council of Europe 的網頁：
http://www.coe.int/t/dg4/linguistic/Source/Framework_EN.pdf，瀏覽日期 2009 年 12 月 24 日）

以下表 1-5 雅思的等級描述是一個綜合性的語言等級描述。

表 1-5　雅思的等級描述

等級名稱	等級描述
第 9 級 – 專家型的語言 使用者（Expert User）	能夠完全自由支配語言：在完全理解的基礎上，恰當、準確、流利地運用語言。
第 8 級 – 很好的語言使 用者（Very Good User）	能夠熟練地運用語言，偶爾發生錯誤，在不熟悉的情境中可能發生誤解。但能夠在具有複雜細節的辯論中表現良好。

等級名稱	等級描述
第 7 級 – 好的語言使用者（Good User）	能夠運用語言，在某些情境中會發生不準確和誤解的情況，通常能夠較好地處理複雜的語言問題，理解問題的細節，並能夠進行推理。
第 6 級 – 合格的語言使用者（Competent User）	通常能夠有效地運用語言，儘管會出現一些錯誤和誤解。能夠處理在熟悉情境下相對複雜的語言問題。
第 5 級 – 水準略低的語言使用者（Modest User）	能夠部分地掌握語言技能，儘管可能會犯較多的錯誤，但在大多情況下還能夠理解大部分的意義。能夠在自己熟悉的領域作基本的交流。
第 4 級 – 水準有限的語言使用者（Limited User）	僅僅在熟悉的情境下有基本的運用語言的能力，在理解和表達上常常出錯，不能運用較為複雜的語言技能。
第 3 級 – 水準極其有限的語言使用者（Extremely Limited User）	只是在非常熟悉的情境下能夠理解和表達，但在交流過程中也會常常發生中斷。
第 2 級 – 不流利的語言使用者（Intermittent User）	僅僅能夠用孤立的詞彙短語在熟悉的情境中表達最基本的資訊來滿足即刻的需要，沒有真正的交流發生。在理解口語和書面英文的時候都存在巨大的困難。
第 1 級 – 非語言使用者（Non User）	除了個別的單詞，幾乎沒有任何運用語言的能力。

（參考自：http://www.cambridgeesol.cn/ielts/exam/level.htm，瀏覽日期：2009 年 2 月 17 日）

　　劍橋 ESOL 考試中心列出了雅思及劍橋其他考試與歐洲語言教學標準的對應關係如下：

表 1-6　PSK、雅思考試與歐洲語言教學標準的對應關係

歐共體等級	歐共體等級級別	IELTS 考試
精通使用者	C2	9.0
		8.5
		8.0
	C1	7.5
		7.0

歐共體等級	歐共體等級級別	IELTS 考試
獨立使用者	B2	6.5
		6.0
		5.5
		5.0
	B1	4.5
		4.0
		3.5
初級使用者	A2	3.0
		2.5
		2.0
	A1	1.5
		1.0

（參考自：http://www.cambridgeesol.cn/ielts/exam/level.htm，瀏覽日期：2009 年 2 月 17 日）

從上文所列舉的例子，我們可以看出語言測試等級標準的制定要注意：

一要確定所要評核的語言項目。如美國外語學會擬定的說話能力的判斷準則（見表 1-2），由於語言學習的目的在於交際，交際活動是個綜合的過程，其中必然涉及交際的背景、場合、不同場合語言的功能、語言能力程度等。因此，美國外語學會確定的說話能力測試內容為語言功能、語言情景和語言的準確性三個方面。這種分類方法體現在很多考試的等級描述中。例如上文所舉的歐洲共同語文參考架構整體級別（見表 1-4）和雅思的等級描述（見表 1-5）也採用類似的分類方法。HSK（高等）口試等級標準所考察語言能力則包括內容、語音語調、詞彙、語法等不同方面，基本不考慮情景因素（見表 1-3）。

二要區分語言程度。等級描述要詳細具體，級別與級別之間要有明顯的區分，具有可操作性和可鑒別性。從等級數量看，一般以分為六級為多，這樣容易區分等級。美國外語學會確定說話能力按照語言能力程度的高低分為六級（○至五個級別）。

三要重視交際等能力。學生學習任何語言，最後的目的是運用，即解決實際的語言問題。

第四節　香港普通話教學及測試

香港過去曾有一百多年是英國的殖民地，其官方語言是英語。以現代漢語為書面語、粵語為口語的中文，於 1975 年在香港取得法定地位。1997 年香港回歸以後，"特區政府大力倡導兩文三語"(兩文指英文、中文；三語指英語、粵語、普通話)，普通話教育提上議事日程(歐陽汝穎，2002)，而普通話測試也逐步得到重視和發展。

一、香港普通話教學

香港中小學的普通話教育可分為四個階段(何國祥，2001)：1941-1960 年，學校採用注音符號學習國音，是為國音期；1961-1980 年，學校取消國音課，20 年間普通話教育一片空白，是為"真空期"；1981-1990 為"試驗期"；1990 年後為"推廣期"和"發展期"。如圖 1-5 所示：

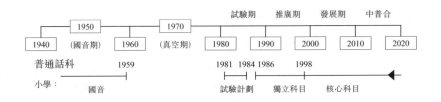

圖 1-5　香港普通話科教學情況(何國祥，2001，頁 3)

香港政府於 1981 年開始在香港的中小學實行"普通話(國語)科教學試驗計劃"，參加第一期試驗計劃有 42 所小學。1981-1982 年在小四進行試驗，1982-1983 年為小五試驗，1983-1984 年為小六試驗。試驗結果顯示：學生表示對學習普通話感興趣，教師能夠應付該科的教學工作，教學的效果令人滿意(教育統籌委員會第一號報告書，1984）。

　　隨後，香港教育署在 1986 正式把普通話科納入小學課程，分別在小學四、五、六年級推行每週一至兩節的普通話課，普通話成為一個獨立的科目，有獨立的課程。到 1998 年，普通話科終於成為中小學的核心科目，全面從小學一年級推行到中學三年級（香港教育統籌委員會，1995；香港課程發展議會，1997）。

　　1997 年 9 月，開設普通話科的小學有 646 所，佔全港小學總數 846 所的 76%。1998 年後，絕大部分的中小學都開設普通話科，每星期一節以上。1999 年 4 月教育署透露：小學開設普通話科每星期兩節的有 67%，一節的有 28%，只有課外活動的 3%（何國祥，2001）。

　　與此同時，也有越來越多的小學開始嘗試用普通話教中文。據《小學概覽（2007–2008）》（家庭與學校合作事宜委員會，2008）顯示，全港 588 所小學中，有 108 所已經或正在實施普通話教中文（上下午學校算兩所），約佔總數的 18.36%。小學推行普通話教中文，主要有兩種類型：A 型學校是實踐型，小一（或小二）全級推行，逐年遞增；B 型學校是試驗型，小一（或小二）個別（一班或兩班）以校本課程試行（林建平，2008）。

　　Humphreys & Spratt（2008）於 2003 年選取香港的 526 名學生為樣本，調查他們的英文、普通話和選修第三外語（法語、德語和日語）的學習動機，研究結果表明，學生對不同語言的學習動機不同，必修的英語和普通話，學生的工具價值（外在動機）大於選修的語言課程，但從內在動機或是情感方面來說，學生更願意修讀英文和選修的語言課程。

　　正如有學者提出的，香港普通話教育大體上經歷了一個從無到有、從小到大、從民間到政府、從無綱可循到有綱可依、從一般課程到核心課程、以成人為主的考試到中學會考這樣一個過程（張銳，1999）。

二、香港普通話測試

香港較內地更早地開展專門的普通話測試。中國內地於 1994
年推出普通話水準測試 (PSC)，而香港早於 1988 年就應僱主和市
民要求首次舉辦"普通話水準測試"，兩年後推出普通話高級水準
測試。發展到現在，香港由不同機構舉辦的普通話水準考試約有
10 種，詳見表 1-7。

表 1-7　香港實施的普通話測試的類型

普通話測試名稱	主辦機構 / 協辦機構	開始測試年份	測試結構和內容	對象
普通話水準測試	香港考試及評核局	1988	聽力 (25%)；譯寫 (15%)；朗讀 (20%)；説話 (20%)；會話 (20%)	中三水準的社會人士
政府公務員普通話測試	政府公務員考試組，後改為相關部門機構	約 1980 年代	——	政府有關部門的翻譯和中文主任及其他職級和高級官員
普通話高級水準測試	香港考試及評核局	1990	聽力 (15%)；譯寫 (15%)；朗讀 (25%)；説話 (20%)；會話 (25%)	中五水準的社會人士
香港普通話水準考試 (PSK)	香港理工大學	1996	聽力 10%；判斷 10%；朗讀 40%；説話 40%	理工大學學生為主
普通話水準測試 (PSC)	香港大學測試中心	1996	朗讀 (60%)（單音節 100 個字詞 10%，雙音節 50 個字詞 20%，400 字短文一篇 30%）；選擇判斷 (10%)；説話 (30%)	社會人士教育界人士校內人士
	香港教育學院測試中心	1997		
	樹仁書院測試中心	1997		
	香港中文大學測試中心	1998		
	嶺南大學測試中心	2000		
	香港理工大學	2009		

普通話測試名稱	主辦機構/協辦機構	開始測試年份	測試結構和內容	對象
香港中學會考普通話科	香港考試及評核局	2000	聽力(25%);譯寫(15%);口試(朗讀、說話40%);語言知識及應用(知識、應用30%)	中五學生
教師語文能力評核考試(普通話)(LPAT)	香港考試及評核局/教育統籌局	2001	聆聽與辨認;拼音;口語能力(朗讀、拼讀、短講或會話);課堂語言運用	普通話科教師
少兒普通話水準能力鑒定	香港語文現代化研究會	2003	口試(讀單音節字10%;讀雙音節字20%;朗讀20%;說話30%)筆試(聆聽譯寫10%;粵普對譯10%)	香港、澳門說粵方言的小學生
港澳地區中小學普通話水準考試(GAPSK)	北京大學語文教育研究所和漢語測試服務	2006.6	自我介紹15%;朗讀短文25%;看圖說話30%;聆聽說話30%	港澳地區中小學生
漢語口語水準考試(Oral Chinese Test Plus)	漢語口語水準考試委員會	2006.12	自我介紹15%;朗讀短文25%;看圖說話30%;聆聽說話30%	社會各界人士
香港小學普通話水準考試	香港理工大學	2008.7	聆聽理解20%;選擇判斷20%;朗讀30%;說話30%	香港地區的小學生

　　表 1-7 是根據時間順序,介紹了香港的各種普通話水準考試。香港大部分普通話測試都考察了學生的聽、說、讀、寫技能,只是所佔的比例不同。近年來,香港出現針對小學生的普通話考試,試

題結構和形式都有了新的改變，例如設立自我介紹等較為實用和難度較低的項目，增設趣味性較強的的看圖説話項目。

　　香港理工大學《小學普通話水準考試》針對香港小學生的語言特點，考慮小學生的交際需要，設聆聽理解部分，評估學生理解對話、語段的能力；使用書面判斷的形式，考察對語音、詞彙和語法結構的簡要知識及其簡單運用能力。學生的朗讀和説話能力也在模擬的交際情境中得以展現。

參考文獻

1. Anstey, E. (1966) *Psychological Tests*, PP54-59. London: Nelson.
2. Bachman, L. F. (1990) *Fundamental Considerations in Language Testing*. PP85-87. Oxford: Oxford University Press.
3. Baker, D. (1989) *Language Testing: A Critical Survey and Practical Guide*, PP66-70. UK: Edward Arnold.
4. Bialystok, E. (2001) *Bilingualism in Development: Language, Literacy & Cognition,* PP24-31. UK: Cambridge University Press.
5. Canale, M. & Swain, M. (1980) Theoretical Bases of Communicative Approaches to Second Language Teaching and Learning. *Applied Linguistics,*1. PP1-47.
6. Carroll, J. B. (1961) *Fundamental considerations in testing for English language proficiency of foreign students*. In Testing Center for Applied Linguistics, Washington, DC. Reprinted in Allen, H. B., & Campbell, R. N. (1972) *Teaching English as a Second Language: A Book of Readings*. PP313-325. New York: McGraw Hill.
7. Chomsky, N. (1965) *Aspects of the Theory of Syntax*. PP4-10. Cambridge Mass: MIT Press.
8. Couthard, M. (1985) An Introduction to Discourse Analysis, Longman.
9. Davies, A. (1990) *Principles of Language Testing*. PP11-12. Oxford, UK：Cambridge, Mass., USA: B. Blackwell.
10. Hughes, A. (1989) *Testing for Language Teachers*, Cambridge: Cambridge University Press.
11. Humphreys, G. & Spratt, M. (2008) *Many Languages, Many Motivations: A*

Study of Hong Kong Students' Motivation to Learn Different Target Languages. JUNE, ERIC.

12. Hymes, D.（1972）On Communicative Competence. In Pride, J. B., & Holmes, J.（Eds.）, *Sociolinguistics*. PP269-293. Harmondsworth: Penguin.

13. Lado, R.（1961）*Language Testing: The Construction and Use of Foreign Language Tests*. PP25-26. London: Longman.

14. McNamara, T.（2000）*Language Testing*. PP13, 8. Oxford: Oxford University Press.

15. Oller, J.（1979）*Language Tests at School*. PP36-72. London: Longman.

16. Wood, R.（1991）*Assessment and Testing*. PP230-244. Cambridge: Cambridge University Press.

17. 丁安儀，郭英劍，趙雲龍（2000）"應該怎樣稱呼現代中國的官方語言？——從英漢對比看'漢語'、'普通話'、'國語'、與'華語'等概念的使用"。載《華南師範大學學報（哲學社會科學版）》第 3 期，第 96-102 頁。

18. 文秋芳（1999）《英語口語測試與教學》。第 31-36 頁。上海：上海外語教育出版社。

19. 朱文熊（1957）《江蘇新字母》。第 1 頁。北京：文字改革出版社。

20. 何國祥（2001）《香港世紀之交的普通話教育》。第 1-41 頁。香港：香港教育學院。

21. 何國祥、張本楠、郭思豪、鄭崇楷、張國松（2005）《香港普通話科教學理論與實踐》。第 256-279 頁。香港三聯書店。

22. 吳旭東編著（2006）《第二語言習得研究——方法與實踐》。第 3-59 頁。上海：上海外語教育出版社。

23. 吳偉平（2001）"關於漢語口語水準測試的思考"。載李學銘主編《語文測試的理論和實踐》。第 419-433 頁。香港：香港商務印書館。

24. 吳麗萍、何國祥和郭思豪（1999）"香港教育學院普通話選科生離校水準試驗測試分析報告"。載何國祥主編，何文勝、傅健雄和楊桂康副主編《語文與評估：一九九八年國際語文教育研討會論文集》。第 625-641 頁。香港：香港教育學院語文教育中心。

25. 李筱菊（1997）《語言測試科學與藝術》。第 6-13 頁。長沙：湖南教育出版社。

26. 周泓、張慶林（2004）"小學生寫作能力測驗的編製報告"。載《心理學探新》。第 4 期，第 72-77 頁。

27. 林建平（2008）"普通話教中文的現狀與前景"。載《普通話教研通訊》第 21 期，第 1-4 頁。

28. 林漢成、唐秀玲、莫淑儀、張壽洪、謝曾淑貞（1999）《香港小六學生普通話水準調查研究報告》。第 6-8 頁。香港：香港教育學院。

29. 施仲謀（2001）"普通話測試內容初探"。載李學銘主編《語文測試的理論和實踐》。第 496-505 頁。香港：香港商務印書館。

30. 香港教育統籌委員會（1984）《教育統籌委員會第一號報告書》。第 37-38 頁。

31. 香港教育統籌委員會（1995）"語文能力意見調查結果摘要"。載《教育統籌委員會第六號報告書》第二部分。第 20-21，38-46 頁。

32. 香港課程發展議會（1997）《小學課程綱要：普通話科（小一至小六）》。香港：教育署。

33. 侯精一（1994）"推行普通話（國語）的回顧與前瞻"。載《語言文字應用》第 4 期，第 74-78 頁。

34. 倪海曙（1956）《普通話論集》。第 129 頁。北京：文字改革出版社。

35. 家庭與學校合作事宜委員會（2008）《小學概覽》。香港：家庭與學校合作事宜委員會。

36. 祝新華（1991）《語文測驗原理與實施法》。第 34-37 頁。上海：上海教育出版社。

37. 國務院（1956）"國務院關於推廣普通話的指示"。載現代漢語規範問題學術會議秘書處編《現代漢語規範問題學術會議文件匯編》。第 249-251 頁。北京：科學出版社。

38. 張奚若（1956）"大力推廣以北京語音為標準音的普通話"。載現代漢語規範問題學術會議秘書處編《現代漢語規範問題學術會議文件匯編》。第 276-282 頁。北京：科學出版社。

39. 張凱（2006）《語言測試理論及漢語測試研究》。第 44-62 頁。北京：商務印書館。

40. 張德鑫（1997）"談語言能力及能力測試"。載《語言文字應用》第 4 期（總第 24 期），第 62-68 頁。

41. 張銳（1999）"面對 21 世紀的香港普通話教育（摘要）"。載《普通話教研通訊》第 5 期，第 4 頁。

42. 張勵妍（2007）"從普通話的出路說起"。載香港普通話研習社《香港普通話報》第 80 期，第 2 頁。

43. 教師語文基準專責小組（2008）《教師語文能力評核（普通話）評核綱要》。香港：香港考試及評核局。

44. 莊雅茹譯（2007）、台灣國立高雄師範大學多媒體英語協會編《歐洲共同語文參考框架》（中文翻譯版）第 22 頁。台灣：和遠圖書資訊出版社。英文原版見 Council of Europe 的網頁：http://www.coe.int/t/dg4/linguistic/Source/Framework_EN.pdf（瀏覽日期 2009 年 12 月 24 日）。

45. 陳雅芬（2007）"美國中文教育之發展—以 AP 中文為例"。第三屆華文教學國際論壇。國立台灣師範大學華語文教學研究所。http://www.ntcu.edu.tw/

lan/File/200804/%E7%BE%8E%E5%9C%8B%E4%B8%AD%E6%96%87
%E6%95%99%E8%82%B2%E7%8F%BE%E7%8B%80_CYF_20080415.
pdf（瀏覽日期：2009 年 12 月 16 日）

46. 陶百強（2004）"世界語言測試理論的發展"。載《基礎英語教育》第 6 卷第
3 期，第 13-17 頁。

47. 黃月圓、楊素英（2003）"香港小學普通話科教學的幾個原則問題"。載香
港教育統籌局課程發展處中國語文教育組編《集思廣益（三輯）普通話學與
教的實踐與探討》。第 137-151 頁。香港：香港教育統籌局。

48. 葉連祺（2005）《國小校長領導能力理論、評量和分類之研究》。行政院國
家科委員會專題研究計劃成果報告。http://www3.nccu.edu.tw/~ihchang/
professoryeah.pdf（瀏覽日期：2009 年 12 月 15 日）

49. 劉娟（2008）"'國語''普通話'之辨"。載《大視野》第 11 期，第 201 頁。

50. 劉泰和（1988）"香港大學普通話課程在成績測試方面出現的一些問題"。
載《普通話測試論文集》。第 111-119 頁。香港：香港普通話研習社。香
港中國語文學會編輯出版。

51. 劉經蘭、戴海琦（2003）"小學四年級數學診斷性測驗的編製與研究"。載
《心理學探新》第 3 期，第 57-62 頁。

52. 劉潤清（1991）《語言測試和它的方法》。外語教學與研究出版社。

53. 劉鐮力主編（1997）《漢語水準測試研究》。第 78-80 頁，第 173 頁。北京：
北京語言文化大學出版社。

54. 歐陽汝穎（2002）"香港普通話教育的過去、現況和未來"（普通話教育的發
展推廣國際研討會主題講辭）。載香港大學教育學院香港普通話培訓測試
中心編《普通話教育的發展和推廣國際研討會（2002）論文集》。第 17-23
頁。香港：香港大學教育學院香港普通話培訓測試中心。

55. 歐陽覺亞（1993）《普通話廣州話的比較與學習》。第 5-6 頁。北京：中國
社會科學出版社。

56. 黎歐陽汝穎（1997）"為普通話的香港科教學定位"。載香港教育署課程發
展處中文組編《集思廣益：邁向二十一世紀的普通話科課程》。第 1-4 頁。
香港：教育署。

57. 蘇金智（2001）"普通話語法規範問題面面觀"。載《中文教育》創刊號。第
34-38 頁。

58. 蘇培成（1998）"普通話漫議"。載《語言文字應用》第 3 期，第 9-12 頁。

第二章
考試設計報告

　　普通話科自 1986 年起被正式納入香港小學課程；1998 年，教育當局進一步把普通話科列為中、小學課程的核心科目。經過學校多年的正規教學，香港小學生的普通話水平有了不同程度的提高。與此同時，香港的語言環境也發生了明顯變化。作為民族通用語的普通話，逐漸受到了社會、學校、家長和學生的重視；不但課程安排和教學模式受到廣泛關注，多年來在正規教育的框架裏建立起來的普通話科教學成效如何，學生的普通話水平展現出甚麼面貌，也是社會各界希望了解的問題。其中，小學的普通話學習情況更是學校和家長所關心的。原因之一是九年的普通話課程有六年在小學實施；而幼小兒童的語言學習成效比成年人顯著，也是常見的規律。因此考察香港小學生經過六年普通話培訓以後，能達到甚麼程度，是不少教育工作者感興趣的課題。香港現有 600 多所小學，在校學生約 38 萬，其中小學六年級學生約 7 萬人。在此背景下，研究開發一個符合香港小學生實際情況的普通話水平考試，用以準確地評定其普通話發展水平，並進一步促進其學習普通話的成效，就顯得重要而迫切了。

　　香港理工大學中文及雙語學系自 1995 年就開始研究"普通話水平考試 (PSK)"，該考試於 2003 年通過國家語委學術審定。2005 年 7 月，學系受香港語常會委託，完成了有關普通話能力等級制定 (Development of a Putonghua Proficiency Scale) 的研究。2007 年 8 月，學系應香港部分小學的要求，為準確評定小學生普通話水平和促進小學普通話教學，開始籌備發展小學普通話水平考試。自此，香港理工大學中文及雙語學系的普通話考試研究與實踐從大學、中學漸次延伸到了小學。

第一節 考試目的與特點

一、考試的性質與目的

(一) 考試性質

該考試是一個以標準參照為主要評分模式的測試,既着重考查學生的普通話基礎知識和基本技能,又着重評核學生的普通話運用能力。這一性質決定了該考試的重心和內容架構。在"運用"和"知識"的比重方面,考試內容向"運用"傾斜,重視考查語言的使用能力和交際效果,同時兼顧學生掌握普通話語言要素(語音、詞彙、語法)的準確性以及運用漢語拼音工具的熟練程度。

(二) 考試目的

應普通話教學發展的需要,考試的目的在於準確評定小學生的普通話能力和學習成效,找出有待提高的項目,以便為改進普通話教與學的效果,提供有參考價值的信息,發揮考試對普通話教學的積極導向作用,引導學生進一步提高普通話能力,並激發其學習興趣。

二、考試特點

(一) 確保有效性:內容全面而有重點

測試內容的覆蓋面盡量廣,重點盡量突出,以確保考試的準確、有效。該考試對不同的語文範疇設計了考察重點,主要表現為:

1. 聆聽:為體現母語為粵方言的小學生的學習特點,專門設立了聽力測試,主要考察學生根據聲、韻、調分辨普通話常用詞語的能力,並考察學生在模擬語境中聽出話語脈絡、語氣語調的變化、聽出話輪的轉換、聽懂對話的內容、獲取隱含意義的能力。在這個過程中，對記述、概括、簡單推論等能力都有所考察。

2. 閱讀：一方面考察學生對拼音系統的掌握情況，如常用高頻字詞、粵普有對應關係或可以類推的難點音、粵語對普通話的干擾比較明顯的語音等。另一方面考察普通話規範用詞、正確的詞序和詞語搭配等知識或簡單的技能。

3. 朗讀：考察學生的發音是否準確、清晰，是否讀得流暢、語速是否適當等方面的表現。

4. 說話：考察學生用普通話準確敍事、簡要表達意見的能力，是否能夠恰當地運用常用的規範詞語、語音、語調準確地傳達意思。

(二) 確保可信度：評分準確可靠

題型共分為客觀題和主觀題兩部分。應試者在電腦上完成所有答題。

關於傳統的普通話測試筆試部分，包括聆聽和判斷，本考試均採用了客觀題的形式，並由電腦評分。

口試部分，包括朗讀和說話，採用主觀題的形式。為此，我們採取多種措施，如制定評分要求、細則，設計了便於操作的評分量表，在評分過程中有嚴格的監控 (如建立分數復核制度) 等，以控制評分誤差。有關評分的具體安排，請詳見本書第四章。

(三) 重視可行性：實施方便易行

本考試在保證全面準確評定、促進教學的前提下，盡可能遵循經濟、優化的策略，採用較少題量達到評核目標。學生應考時間約40分鐘，口試、筆試可在一個考場之內一次性完成，改變了以往分考場完成的做法。

本考試多數題型是考生所熟悉的，如聆聽、朗讀等，學生不需要接受應試技巧訓練即可參加考試。研究小組在傳統題型為主的基礎上，也開發設計了個別新的題型，如先聽後說等，以便多角度、多方位地考核其普通話能力。

考試實施過程簡單，在聆聽和判斷部分，學生戴上耳機聆聽及觀看屏幕指示，然後用滑鼠點擊正確答案即可；在朗讀和說話部分，考生也只需要戴上耳機並通過話筒完成錄音即可。這種考試模式可滿足在同一時間內大規模考試的需要。

實踐證明，本考試過程簡單、運行穩定，具有較強的實用性和可操作性，小學生能夠很好地適應。

(四) 重視反撥效應：促進學習

本考試的發展初衷是在不增加學生學習負擔的前提下，通過考試有效地促進學生的學習。為此，研究小組採取了以下措施：

1. 考試範圍、項目、內容與小學普通話課程相呼應。

2. 為參與考試的夥伴學校提供反饋信息和改進建議，讓學校可以善用評估結果，充分發揮考試對普通話教學的積極導向作用，以提高學生使用普通話的實際能力。

3. 考試的設計以語言學、教育理論為基礎，重視考察學生的語言應用能力，例如適當降低知識性評核 (語音、詞彙、語法) 試題的份量，加強功能性評核 (聆聽句段、朗讀句段、說話等)，這可引導學生重視提高語言的實際運用能力，也可提高學生學習普通話的興趣。

4. 題型設計盡量避免對學生學習產生負面影響，例如不設辨錯題，以免對學生的學習帶來負遷移影響。

第二節　設計考試藍圖

在仔細分析研究已有的研究成果和評估實踐的基礎上，研究小組結合香港現行的小學普通話課程，設計了考試藍圖。此後，研究小組又汲取了焦點小組的意見，並經過觀課等實踐求證，對藍圖的設計進行了局部調整和修訂。

一、設計依據及藍圖雛形

評估新理念的研究、評估實踐的總結、現有課程分析是設計考試藍圖的三項主要依據。

(一) 評估新理念

1. 真實性評估

美國評估培訓學會 (Assessment Training Institute，簡稱 ATI) 的專家 Wiggins 在 1989 年首次提出了"真實性評估"(Authentic Assessment) 的概念，主張學生必須運用自己所學習的知識和掌握的技能，解決生活中或與現實情境相似的真實任務，以便通過自己的創造性活動培養、展示和證明自己的知識、才能，以及解決問題過程中所採用的策略 (Wiggins，1989)。

真實性評估又被稱作非傳統評估 (Alternative Assessment) 或者表現性評估 (Performance Assessment)，這些術語的涵義非常相似，只是側重點不同。真實性評估強調的是呈現給學生的任務要有現實性；非傳統評估是指與標準化測試相對立的一種評估；表現性評估則側重於對學生內在能力或傾向的行為表現進行評估 (張浩、黃蕾、谷軍，2008)。

真實性評估源於對標準化測試闕失的批評：標準化測試儘管客觀、高效，但同時卻具有很多缺點，例如強調記憶、背誦等能力，答案標準化，但抹殺學生的創造性和主動建構知識的積極性，而考試的情境往往與真實的情境往往相差甚遠，無法真實地説明學生已掌握的知識技能水平，從而預測學生的潛能 (李青，2005)。

為了彌補上述標準化測試的不足，真實性評估強調測試的"真實性"；這包括很多方面：例如學習任務的真實性、評估信息的真實性、評估標準和環境的真實性、評估內容和方式的真實性等等。

真實性評估的理論基礎是多元智能理論和建構主義。多元智能理論強調個體智力結構的多元化，認為個體智力存在差異性、情境性，實踐力和創造力是個體智力的本質。因此，評估的內容和標準應是多元化和情境化的。建構主義理論認為知識的學習過程是學生主動建構學習獲得的，評價應基於動態的、持續的、不斷呈現學生進步的學習過程，以及教師所採用的教學策略和所創設的學習環境。評價的目的在於更好地根據學生的要求和情況的變化來設計教學，改進教學策略，使學生通過建構性學習，得以朝着專家方向持續進步 (裴新寧、張桂春，2001；李青，2005)。

在操作過程中，真實性評估首先要明確評估目的，確定要評估的學習能力；其次要確定任務所牽涉的真實情境；再次，要結合學生實際，指定評價的等級標準；最後根據學生的實際表現進行評分 (張繼璽，2007；張浩等，2008)。

根據真實性評估的理念，"小學普通話水平考試"把考察的重點放在實際情境中普通話的應用能力上，聆聽、說話等綜合考試部分所佔的比重較大，約佔50%左右。該考試相應地降低知識型評核所佔的比例。聽說試卷盡可能採用接近學生實際的語言情境，評分也注意這方面的需要。

2. 能力導向評估

"小學普通話水平考試"也盡量以能力作為導向。對於知識和能力兩方面的考察，能力佔其中較大的比例。除了測試一些基本的知識記憶之外，該測試主要着眼於考察學生應用、綜合和評價的能力。能力的形成，當包含對知識的掌握，但測試要盡量少考孤立的靜態的知識，注重考察學生在新情境中運用已有知識完成任務的能力（祝新華，1993）。

能力導向的評估以能力為焦點，評估學生的發展水平和特長。能力導向評估同時重視學生能力的進步情況（Masters & Forster，1996），傾向於顯示學生內部的自我比較，較前一時期的進步之處；重視正面、積極的評定，體驗學習成功之處（劉京海，1997，頁 52-56）。

能力發展導向評估的目的，不僅是要評估學生的能力水平，確定學生所達到的能力層級，還要清楚學生在近期取得的新成就，從而判明學生是否具備進入新階段學習的條件。此外，明確展示學生取得的進步，可以不斷激發學生的學習興趣，進而明確自己的努力方向，促進學生能力的不斷發展，培養學生的個人特長（祝新華，2005）。

3. 評估的反撥效應

反撥效應（wash-back 或 backwash）是指測試對教學和學習的影響（Hughes，1989；Prodromou，1995）。反撥效應通常可分為正面反撥效應和負面反撥效應兩種類型。

正面反撥效應是指測試對教學和學習產生有益的影響。例如，好的語言測試具有較高的信度和效度，能夠激發學生學習，有利於學生進一步提高語言能力。學生可根據測試的結果，準確了解自己的長處和短處，據此制定下一步的學習計劃，從而達到自我發展的目的。同時，好的語言測試也能夠促進教師改進教學實踐，不斷調整教學方法和內容，從而促進語言教學的發展（張洋瑞，2006）。

負面反撥效應是指測試對教學和學習所產生的不良影響。測試過於強調篩選功能，忽視能力的發展和個性形成，或是測試內容與課程要求相關較小等，都會引起負面反撥效應。語言測試本身帶有的"功利性"，"應試現象"，不可避免地會成為負面反撥效應發生的溫牀（陳亞非，2007；張洋瑞，2006）。

而 Prodromou（1995）根據新的緯度，將反撥效應又分為兩類：顯性（Overt）反撥效應和隱性（Covert）反撥效應。顯性反撥效應是指直接明顯的應試教學或學習，例如做模擬試題或真題；而隱性的反撥效應是對教學深層次的影響，其結果就是使教材越來越像考題，教學越來越像考試。顯性和隱性反撥效應都是從負面的反撥效應入手分析的。

對於如何減少測試的負面反撥效應，提高正面反撥效應，許多學者都提出了自己的看法（表 2-1），值得我們發展、組織考試時參考。

表 2-1　提高正面反撥效應的途徑

學者	提高正面反撥效應的途徑
Hughes （1989， pp44-46）	1. 測試要培養能力； 2. 測試內容覆蓋面要廣，並具有不可預測性； 3. 使用直接測試； 4. 使用標準參照評分模式； 5. 成就測試要基於教學目標； 6. 使學生和教師了解測試； 7. 必要時為教師提供協助； 8. 計算考試成本。
Bailey （1996， pp272-277）	1. 考生要了解測試目的和用途； 2. 測試結果反饋要清楚、詳盡和及時； 3. 考生認為考試結果公正、可信； 4. 測試了課程計劃的教學內容； 5. 測試基於正確的理論原則； 6. 測試使用真實的語篇和測試任務； 7. 考生進行了自我評估。

學者	提高正面反撥效應的途徑
Kellaghan & Greaney（見 Wall，1996，pp337-338）	1. 考試必須反映課程的全部內涵，而不只是一小部分； 2. 考試要涉及高級認知技能，以考促教； 3. 所考技能既要能夠完成學校學習任務，也要能夠完成校外任務； 4. 考試形式多樣化，包括書面、口語、聽力和實用考試； 5. 在評估考試結果和排名時，要考慮非教學因素的影響； 6. 及時、詳盡反饋學生的考試成績及問題； 7. 進行公共考試的預測效度研究； 8. 提高測試機構的專業水平，尤其是出題水平； 9. 考試委員會要進行測試對教學影響的研究； 10. 測試機構要與課程開發機構和教育管理人員密切合作； 11. 建立地區考試網絡，進行相關交流。
Brown（2000，pp4-8）	1. 發展測試的設計策略； 2. 發展測試的內容策略； 3. 發展測試的保障策略； 4. 發展測試結果的解釋策略。
張洋瑞（2006，p111）	1. 教師應擺脫應試教育的束縛； 2. 教師應掌握基本的測試理論和方法； 3. 教師應有意識地注意母語和目標語的差異； 4. 教師及時提供反饋； 5. 學生學習要有的放矢。
陳亞非（2007，pp226-229）	1. 命題人員盡量根據不同測試的目的調整好信度和效度的關係； 2. 考試後分別進行信度和效度的驗證、試卷質量的統計分析和考生成績的統計分析，看實際結果與預期的差距有多大； 3. 改進測試手段和題型； 4. 要懂得周邊科學（如認知心理學、教育測量學等）。

（參考自：黃大勇、楊炳均，2002，頁 291-292）

（二）評估實踐（校內考試 / 公開考試）

　　為了提高評估的真實性、導向性、針對性和有效性，在"小學普通話水平測試"設計之初，我們查閱了普通話水平測試的文獻，了解測試中學生的表現，以確定測試重點和難點，編製更切合學生學習特點的試題。

　　針對粵方言區學生學習普通話的語音障礙，何國祥（2001）系統地總結歸納了學習過程中通常出現的問題：1. 聲調方面常見的困難：(1) 發不準第三聲；(2) 第四聲降得不夠低；(3) 四個聲調掌握不好。2. 聲母方面常見的困難：(1) n、l 不分；(2) h 唸成 k；(3) zh、ch、sh 發不準；(4) z、c、s 發不準；(5) 送氣與不送氣不分；3. 韻母方面常見的困難：(1) e 發不準；(2) er 發不準；(3) 後鼻音易唸為前鼻音；(4) 丟失介音等等。

張勵妍 (2007) 則通過實證分析的方法，總結了粵方言區學生常犯的語音錯誤。其研究方法是從接受普通話診斷服務的 180 多人中，抽取了 111 個母語為粵語的學生的樣本，根據錄音，統計出各個語音項目的錯誤率。研究發現，粵方言區常犯的普通話語音錯誤如下：(1) 第二聲和第三聲區別模糊；(2) n 和 l 互混；(3) h 和 k 互混；(4) 舌尖音和舌尖後音及舌面音三組錯誤顯著；(5) 母音發不到位；(6) 前後鼻韻母互混；(7) 介音音節錯誤；(8) 複韻母動程不夠；(9) 輕聲普遍忽略；(10) 其他音變均難掌握；(11) 字音類推錯誤極為普遍。部分結論和何國祥相同。

林漢城、唐秀玲等 (1999) 研究發現，香港小學生的普通話朗讀能力雖然經過三年的培養，但表現還是不理想，主要存在以下語言表徵：(1) 音準不能發揮辨義作用；(2) 詞語語音表現和段落語音表現沒有密切關係；(3) 由於發音能力還沒完全自動化，往往影響停頓，甚至影響語調的流暢和自然感；(4) 基本語調還沒完全掌握，很受句子的長短和個別詞語發音的影響。

說話能力表現為：(1) 大部分學生能通過簡短問答的對話方式，表達關於個人姓名、年齡和家人的基本意念，學生的普通話聆聽理解能力，直接影響他們在進行言語交際時對相關意念的提取；學生的普通話說話能力在某種程度上會妨礙意念的傳達。(2) 學生在單向會話裏所發揮的概念功能，表現比不上雙向的簡單問答，篇章的組織鬆散，語意欠連貫，用詞或會受廣州話方言詞干擾，說話能力嚴重影響意義的表達。

有關詞彙、語法等方面的偏誤研究，韓玉華 (2007) 從一批中小學教師 (200 人左右) 的測試音檔中，選出 30 個"說話材料"進行了統計分析，統計結果如表 2-2。這一研究對我們設計分析指標探討學生普通話問題有一定啟發。

表 2-2 說話材料偏誤統計

偏誤類型		統計數據	
詞彙偏誤	方言詞	19	
	近義詞	79	
	難點詞	68	191
	單數複數	8	60.25%
	動詞 AA 式	6	
	量詞	9	
句式結構偏誤	成分殘缺	20	
	成分多餘	29	
	句式雜糅	9	85
	負遷移句式	15	26.81%
	語序偏誤	12	
銜接偏誤		15 4.73%	
語用偏誤		26 8.20%	
總計		317	

(參考自：韓玉華，2007，頁 238-256)

同時，研究小組也分析了理工大學自行開發和主辦的"普通話水平測試 (PSC)"，以求從中得到一些啟發。該測試的數據顯示朗讀字詞區分度較高，為此，我們確定了這一項目為必考項目。但是，考慮到它與語言應用距離較遠，給分比重過大並不符合真實性評估的要義。所以，我們把字詞朗讀佔分的比例設計為 15%。相應地，經過多次實測驗證，較能真實反映語言能力的朗讀短文和說話的分數比例則確定為 45%。

根據上面總結，我們確定了"小學普通話水平測試"需要考察學生如下方面的表現：(1) 語音；(2) 語氣和語調；(3) 詞彙和語法；(4) 朗讀和說話時運用語言的綜合能力。

(三) 課程要求

香港課程發展議會編訂的《小學課程綱要：普通話科 (小一至小六)》(1997) 指出，本科的學習總目標，以培養學生聽說普通話的能力為主，培養朗讀能力、譯寫能力及增進與本科有關的語言文化知識為輔。學習範疇包括聆聽、說話、閱讀、譯寫，各範疇的學習目標如表 2-3。

表 2-3　香港小學生普通話學習範疇目標

聆聽	培養聆聽能力，以理解話語的內容；培養聆聽的興趣及良好的聆聽態度。
說話	培養說話能力，以表達自己的思想感情；培養說話的興趣及良好的說話態度和習慣。
閱讀 *	培養朗讀及自學能力；增進與本科有關的語言知識，以及對中國文化的認識；培養閱讀興趣及良好的閱讀態度和習慣。
譯寫	培養運用漢語拼音或注音符號的能力，以提高自學能力。

* 在閱讀範疇內，以培養朗讀能力為主。

課程重點以培養學生聽說普通話的能力為主，對譯寫只提出基本要求，即培養學生運用拼音能力，以便自學。

(四) 藍圖雛形

"小學普通話水平考試"的設計力求能反映普通話課程的要求，有代表性地考察課程提出的知識與能力要點，使考試成為一個緊貼課程、促進教與學的評估活動。考試內容涉及聆聽、朗讀、說話和運用漢語拼音等方面，以期發揮正面的反撥效應，引導學生全面學習課程內容，提高普通話能力。

具體而言，針對學生學習重點、難點，是我們設計題目的着眼點，真實地評估學生的語言能力是我們設計的初衷，以考促進教與學是我們考試的最終目的。

根據考試目的，並依據以上的多方面分析，研究小組提出以下藍圖的雛形 (表 2-4)。

表 2-4　小學普通話水平考試藍圖雛形

範疇	項目	數量
第一部分 聆聽	聽辨詞語	15
	聆聽句子	5
	聆聽話語	8
第二部分 判斷	判斷語音 (從拼音選漢字)	8
	判斷語音 (從漢字選拼音)	8
	判斷同音字	8
	判斷普通話規範說法	8
第三部分 朗讀	朗讀字詞	1 (40 個音節)
	朗讀句子	6
	朗讀短文	1 (100 個音節)
第四部分 說話	看圖說話	1
	按要求說話	1
	根據問題說話	1
總計	13 個部分	71 題

二、實踐、求證、調整

(一) 焦點小組會議：第一線資深老師參與研討

為收集有關考試的方向、內容、形式等方面的意見，研究小組召集了 "小學普通話水平考試焦點小組會議"。參加人員為來自六所小學的第一線資深教師，以及香港理工大學中文及雙語學系測試組的學術人員。針對試卷藍圖及試卷結構，與會者提出了以下意見和建議：

1. 與會教師認為藍圖的整體框架基本合理，知識和能力的考點也符合教學和學生的實際。

2. 多數教師認為考試的形式多元化易操作，考試的內容跟學校課程配合。但教師也就聆聽理解部分的語段長度、看圖說話部分的主題與圖像質素、情境化題目的數量等方面，提出了不少具體建議。對該考試不設漢語拼音譯寫題目，與會教師意見不一。

3. 教師們認為題量基本適當，40 分鐘的考試時間也較為適宜。但建議在總題量不變的前提下，調整局部項目的數量，如有人認為朗讀字詞和句子偏多，宜減少；而朗讀短文和說話偏少，則可以增加一至兩題。

4. 多數教師認為試題難易度大體適中，樣卷的試題有難有易，能考出學生的實際水平。但也有人認為聆聽理解中的句子較難，應刪減；有人則建議再增加 20% 較深的題目讓能力較高的學生有更大的發揮的空間。

5. 教師們認為試題對教學會產生正面的影響，學生會更注意漢語拼音的運用，並留心聆聽和理解說話內容，會更重視說話的訓練。

此外，參加焦點工作會議的第一線教師一致希望，考試單位在每次考試後，為學校提供學生的成績單及統計分析報告，供教師和學生參考，以改進下一輪的教與學活動。

部分教師還建議，考試單位為考生提供必要的支援，包括召開考試簡介會、開辦強化訓練班、提供考試資料和網上語言訓練等，幫助考生熟悉測試形式、內容和過程，以減少考試中的失誤。

以上內容詳見本書附錄三。

研究小組聽取焦點小組會議上的意見後，調整了試卷藍圖，並修訂了樣卷。

(二) 觀課：調查了解教學實際

為了進一步了解普通話教學的實況，使考試能更準確測試出小學生的普通話能力，研究人員到夥伴學校進行觀課，取得香港小學普通話教學的第一手資料。

　　觀課類型分為兩類，一類是用普通話教授的中國語文課，另一類是普通話語言課。觀課年級為小學五、六年級。

　　通過觀課，我們發現學生整體上能聽得懂普通話，能明白教師的指令，但學生的普通話水平比較參差。水平較高的學生能夠準確地聆聽、理解普通話，語音較為準確和清晰，詞彙、語法基本上能符合普通話的規範，語調較自然，能用流利的普通話表情達意，說話符合普通話的表達習慣。普通話基礎較差的學生，說話信心不足，發音較為含糊；使用較多不規範的詞彙和語法，語音有系統性錯誤，只能勉強用普通話進行一般的溝通。總體來看，六年級的學生聽說能力稍高於五年級學生。在以上的教學活動中，分組活動是一個讓學生多說普通話的有效途徑。由於課堂時間有限，在部分課節中，有些學生整節課除朗讀外，缺少其他練習、鞏固普通話的機會。

　　以普通話為中國語文課授課語言的學校，學生整體的普通話口語表達能力不錯，說話較有信心，基本上能用普通話進行討論，也能自動自覺用普通話交換意見。詞語和語法的規範程度明顯高於用粵語學習中文的學生。將普通話設為獨立科目的學校，學生基本上具備普通話口語的表達能力，但學生普遍欠缺說普通話的主動性。

　　總體上看，學生仍有不少粵方言音，偶有不規範的詞彙和語法，有時學生因想不到合適的詞句來表達，以致說話遲疑，發音帶中介語特徵，錯誤和缺陷較多，語調較平，影響流暢度和傳意效果。朗讀時，在語速、流利程度；語調、輕重；語氣、停頓等方面，都需要進一步的提高。

　　觀課活動為近距離了解教學，了解學生創造了有利條件，也為"小學普通話水平考試"的設計，考試藍圖和試卷的修訂、完善，提供了更為可靠的參考依據。

第三節 先導性測試的過程

一、先導性測試的時間安排

製定了考試藍圖和樣卷以後，我們組織了資深的普通話教師編製試卷。試題經多次補充、審定、修訂、篩選、拼卷後正式完成，經錄音、剪接後置入電腦考試系統。

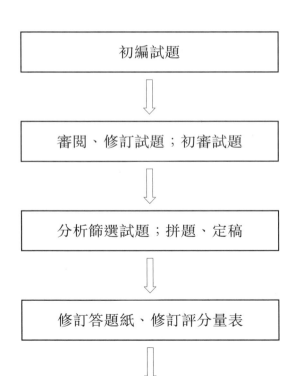

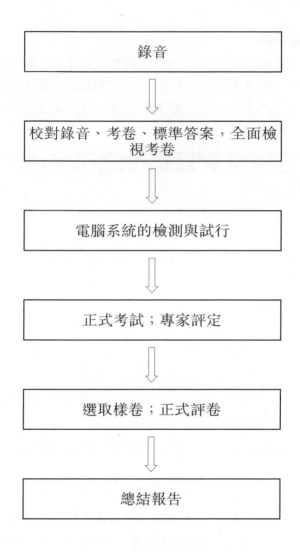

圖 2-1 先導性測試的製作流程

二、電腦系統

"小學普通話水平考試"整個考試都在電腦上答題。其中，聆聽、判斷採用選擇題形式，由考生戴上耳機聆聽和觀看屏幕指示，然後用滑鼠點擊選項作答。聽辨詞語電腦畫面，如圖 2-2 所示。這一部分的評分由電腦評分系統完成。

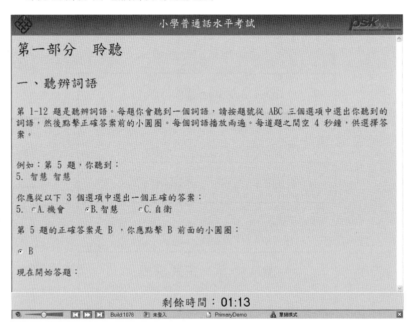

圖 2-2 "聽辨詞語"（客觀選擇題）部分截屏圖

口試（朗讀、説話）部分則需要考生戴上耳機，通過話筒錄音完成考試，期間由電腦系統收集音檔，供評分使用。朗讀字詞電腦畫面如圖 2-3 所示。

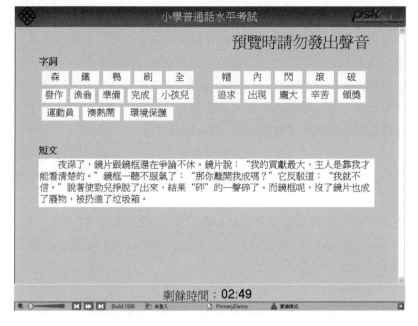

圖 2-3　小學普通話水平考試"朗讀字詞和短文"(主觀題)部分截屏圖

　　電腦系統的作答、評分快捷、簡單易行,考試當天就能夠給出聆聽理解題和判斷題目的分數。每個題目以及每個部分的總分都一目瞭然,既快速又便於及時的統計分析。電腦系統也利於評分等考試資料的保存。

三、預試

　　預試的目的在於測試電腦系統的運作是否順暢穩定,並觀察考試方式是否適合於考生。

　　三所夥伴小學分別選擇了一批六年級學生參加預試。從預試的結果看來,電腦考試系統基本穩定,考生操作電腦應考的技能比預期好,證實電腦考試切實可行。聆聽及判斷部分由電腦評分,朗讀及說話部分的錄音由評分員評分的預想可以實施。

四、先導性考試

為了滿足考生和家長對考試支援工作的要求，方便他們了解考試的內容和形式，我們為三所夥伴學校印製了《小學普通話水平考試說明》和《小學普通話水平考試參考樣卷》。此外又在香港理工大學舉辦了小學普通話水平考試簡介會，系統地介紹考試的特點，並用電腦系統即席做了應考示範，共有近百名學生、家長和老師出席。

先導性測試在理工大學語音實驗室進行，考試過程順利。

為檢測考試的效度，我們在組織先導性測試之後，安排了專家評定。專家評估於香港理工大學進行，40 多名考生接受了測試。兩位具國家普通話水平考試測試員資格的專家通過"雙向式漫談"和"學生定向說話"兩個項目，評核受試者的普通話水平。具體分析結果參照第五章。

根據焦點小組的討論，並通過實際觀課、預試、先導性測試的結果分析，研究人員最終完成了考試藍圖，如表 2-5。

表 2-5　小學普通話水平考試藍圖定稿

內容		題型	答題方式	時間
聆聽、判斷	第一部分聆聽：選擇題	一、聽辨詞語	聆聽錄音，完成選擇題	約 10 分鐘
		二、聆聽話語		
	第二部分判斷：選擇題	一、看拼音選漢字	看電腦屏幕上的試題，完成選擇題	約 9 分鐘
		二、看漢字選拼音		
		三、選擇同音字		
		四、選擇符合普通話規範的句子		
朗讀、說話	第三部分朗讀	一、朗讀字詞	從電腦屏幕看字詞和段落，通過話筒錄音	約 8 分鐘：包括 3 分鐘預覽；字詞 3 分鐘；短文 2 分鐘
		二、朗讀短文		

內容		題型	答題方式	時間
朗讀、說話	第四部分 說話	一、先聽後說	從耳機聆聽語段，通過話筒錄音	聆聽 1 分鐘，聽完後 2 分鐘準備，1 分鐘說話
		二、按題說話	從耳機聆聽及從電腦屏幕看話題，通過話筒錄音	3 分鐘準備，1 分鐘說話
		三、回答問題		3 分鐘準備，1 分鐘說話
總計	4 個範疇	11 個部分	5 種答題方式	總時間約 45 分鐘

與表 2-4 的藍圖雛形相比，表 2-5 的藍圖定稿有三處主要改動：

1. 朗讀句子在先導性考試的項目分析中，區分度偏低，且與專家評分的相關係數不高，因此在正式的藍圖中被刪除。

2. 在焦點小組的討論中，許多老師提出看圖說話題型難度不易控制，畫面信息量差異較大等意見，因此用 "先聽後說" 取代了 "看圖說話"。

3. 對題型名稱進行反覆斟酌，將 "判斷語音" 直接改為 "從拼音選漢字" 和 "從漢字選拼音"。

參考文獻

1. Bailey, K. M. (1996).Working for Washback: A review of the Washback Concept in Language Testing. *Language Testing*. 13(3). PP. 257-279.

2. Brown, J. D. (2000). University Entrance Examinations: Strategies for Creating Positive Waskback on English Language Teaching in Japan. Shiken: *JALT Testing & Euzluation SIG Newsletter*. 3(2). PP.4-8.

3. Hughes, A. (1989). Testing for Language Teachers. PP.1-2, 44-47. Cambridge: Cambridge University Press.

4. Masters, G. N., & Forster, M. (1996). Developmental Assessment. PP.40-53. Camberwell: The Australian Council for Education Research.

5. Prodromou, L. (1995). The Backwash Effect: From Testing to Teaching. ELT. 49(1). PP.13-25.

6. Wiggins, G. A. (1989). True Test: Toward More Authentic and Equitable Assessment. The Phi Delta Kappan .70 (9). PP.703-713.

7. 何國祥（2001）。《香港世紀之交的普通話教育》。第 1- 41 頁。香港：香港教育學院。

8. 李青（2005）。《學生真實評價及其應用研究》。第 1-10 頁。廣西：廣西師範大學碩士研究生學位論文。

9. 林漢城、唐秀玲等（1999）。《香港小六學生普通話水平調查研究報告》。第 6-8 頁。香港：香港教育學院。

10. 香港課程發展議會（1997）。《小學課程綱要：普通話科》(小一至小六)。第 52-55 頁。香港：教育署。

11. 祝新華（1993）。《語文能力發展心理學》。第 28-29 頁。杭州：杭州大學出版社。

12. 祝新華（2005）。《能力發展導向的語文評估與教學總論》。第 3-38 頁。新加坡：中外翻譯書業社。

13. 張洋瑞（2006）。《淺談英語測試中的反撥效應》。《科技信息》。第 11 期，第 111 頁。

14. 張浩、黃蕾、谷軍（2008）。"真實性評價：一種超越測驗的學生評價"。《湖北經濟學院學報（人文社會科學版）》。第 4 期，第 170-172 ，188 頁。

15. 張勵妍（2007）。"從普通話的出路說起"。《香港普通話報》(香港普通話研習社)。第 80 期，第 2 頁。

16. 張繼璽（2007）。"真實性評價：理論與實踐"。《教育發展研究》。第 1B 期，第 23-27 頁。

17. 陳亞非（2007）。"實現語言測試對語言教學的正向反撥效應"。《大學英語（學術版)》。第 3 期，第 226-229 頁。

18. 黃大勇，楊炳鈞（2002）。"語言測試反撥效應研究概述"。《外語教學與研究》。第 4 期，第 289-293 頁。

19. 裴新寧、張桂春（2001）。"'多元智力'：教育學的關注與理解"。《全球教育展望》。第 12 期，第 19-22 頁。

20. 劉京海（1997）。"成功教育的基本模式"。《上海教育科研》。第 1 期，第 52-56 頁。

21. 韓玉華（2007）。"香港考生在 PSC '說話'中常見的語法偏誤分析"。載宋欣僑主編《香港普通話測試研究與發展》。第 238-256 頁。香港：香港商務印書館。

第三章
編題策略與方法

　　因應普通話教與學的發展需要，香港理工大學中文及雙語學系研發了"小學普通話水平考試"，適用於香港小學六年級或相近文化程度的學生。該考試重視本港的課程取向，力求與課程配合，了解學生發展的特點，為進行更適合的普通話教學奠定基礎，從而激發學生的學習興趣，提高語言能力，並希望通過推廣新的評估工具，為學校、家長、學生提供更多的測試選擇。表 3-1 是該考卷的明細表。

表 3-1　考卷明細表

內容		題型	時間
聆聽、判斷	第一部分 聆聽： 選擇題 (19題)	一、聽辨詞語	約 10 分鐘
		二、聆聽話語	
	第二部分 判斷： 選擇題 (40題)	一、看拼音選漢字	約 9 分鐘
		二、看漢字選拼音	
		三、選擇同音字	
		四、選擇符合普通話規範的句子	
朗讀、說話	第三部分 朗讀 (2題)	一、朗讀字詞	約 8 分鐘：包括 3 分鐘預覽，字詞 3 分鐘；短文 2 分鐘
		二、朗讀短文	
	第四部分 說話 (3題)	一、先聽後說	聆聽 1 分鐘，聽完後 2 分鐘準備，1 分鐘說話
		二、按題說話	3 分鐘準備，1 分鐘說話
		三、回答問題	3 分鐘準備，1 分鐘說話
總計	4 個範疇	11 個部分	總時間約 45 分鐘

第一節　編題策略

制訂編題策略，必須從考試的性質、目標出發，以確定考試的內容、形式、題量和權重結構。

一、內容

從本質上講，語言測試是間接的，測試通過採集應試者的語言樣本，來推斷考生的語言能力。採用不同的形式所取得的語言樣本，反映不同的知識和能力 (楊軍，2008)。

由於對語言能力的內涵認識不足，長久以來我們的普通話教學多停留在講授和掌握語言知識的層次上，而普通話水平考核也出現了同樣的現象 (陳瑞端，2000)。"小學普通話水平考試"因此努力避免這種情況，內容除覆蓋語言知識、語言技能外，還包括語言運用。

同時，測試的具體內容，還注意照顧香港小學生的文化程度和認知能力，以及普通話運用的實際需要，盡量結合香港小學普通話的教學現狀。

根據這些方面的考慮，該考試的內容主要覆蓋聆聽、朗讀、說話三個方面的語言活動。

二、形式

考試形式關係到考試的效度和信度以及可行性，而信度和效度，正是語言測試的兩大根本要求 (李筱菊，2001)。

小學普通話水平考試共有 11 種題型，即聽辨詞語、聆聽話語；看拼音選漢字、看漢字選拼音、選擇同音字、語法判斷 (選擇符合普通話規範的句子)；朗讀字詞、朗讀短文；先聽後說、按題說話、回答問題。

　　以評分的客觀性來劃分，試題可分為客觀題和主觀題兩類。客觀題有聽辨詞語、聆聽話語、語音判斷(看拼音選漢字、看漢字選拼音、選擇同音字)、語法判斷，這類題型便於定量分析和電腦評分。主觀題有朗讀和說話，具體題型有朗讀字詞、朗讀短文；先聽後說、按題說話、回答問題，這類題有利於考查應試者的語言運用能力，但要求評分者具有豐富的評分經驗，從而作出分析和判斷。主觀題和客觀題的結合能更好的兼顧考試的信度和效度，既考到便於量度的語言知識，又考到較為複雜、不易量度的語言運用能力。

　　從考點看，可分為單一考點和綜合考點兩類。以單純、分散形式出現的單一考點容易考查，以綜合、集中形式出現的綜合考點則較難度量，但恰恰是綜合的考點最能反映應試者的實際能力。小學普通話水平考試把綜合形式和分點形式相結合，試題既有較小的語言單位，如字、詞、音節，又有較大的語言單位，如語段和篇章，使考點的形式結構更趨於合理和科學(祝新華、黎秀薇，2009)。

　　該考試較為重視語境，而對句子這種表達命題的基本單位，也採取了實事求是的態度。通過先導性考試，證實朗讀句子的區分度較低，而且句子已經包含在朗讀語段、對話之中，同時單獨考查也欠經濟，因此在經過反覆試驗後，淘汰了這一形式。

三、題量

　　從理論上講，題量越多，越有利於全面評定學生的表現，效度越高；學生的得分越穩定，信度也就越高。如題量過少就難以量度出考生的真實能力，學生的表現也欠穩定。

　　然而，由於受時間、學生特點等因素的制約，題量必須控制在合適的範圍內。從學生身心特點的角度看，題量太多，答題超過

60 分鐘，學生容易疲勞，精神也難以集中。而注意力分散，會影響到考生的正常發揮，考試的可信程度自然會大打折扣。

考慮到上述情況，經過不斷調適，"小學普通話水平考試"總題量設為 64 題，把測試時間定在 50 分鐘左右；在考試質量、學生特點和試題量之間找到了平衡點。

四、權重

這裏的權重指考試每一部分所佔的分數比重。

為了扭轉傳統語言測試重知識輕能力的傾向，"小學普通話水平考試"加大了語言能力的比重，減少了語言知識的比重。以知識和技能為重點的共有 24 題，佔總題量的 37.5%；以能力測試為重點的試題共 40 題，佔總題量的 62.5%。以知識和能力的分數權重來粗略劃分，分別為 30% 和 70%。這樣，一方面重點考查表達和交際能力，有助於確保能力為導向的考試特點；另一方面兼顧對語文知識，特別是對作為學習工具的漢語拼音的考查。藉助內容結構和分數比重的手段，通過反撥效應，使考試對小學普通話教學產生積極的影響，實現出重知識到重能力的轉變。

在技能考查方面，考試力求單一技能和綜合技能兼顧。比如，語音和詞彙、語法的判斷題，考查的是考生運用漢語拼音工具和辨別語言規範性的單項技能，分數權重不應太大。又如朗讀單雙音節，重點在考核應試者對目標語聲、韻、調的掌握，讀準這些音節是說好普通話的基礎，給以一定的分數是必要的；朗讀短文則側重於綜合技能的考查，它不僅包括了音準，還有停連、語調、語氣等技能，所以，這部分朗讀的分數權重應比較大。按題型劃分，分數權重的比例是：聆聽佔 20%；判斷佔 20%；朗讀佔 30%；說話佔 30%。

第二節　聆聽題的編製

聆聽是傳統筆答題中的部分內容，多採用選擇題的形式。"小學普通話水平考試"也採用這種題型，但是要求考生在電腦上作答。

一、聽辨詞語

聽辨詞語是聆聽理解的基本能力。根據先易後難的設題理念，聆聽考試環節首先考核學生排除母語干擾，聽辨普通話聲、韻、調的基本聆聽能力。

分點性試題的考點相對單純，但每題所考的能力點有時並不單一，為了便於描述和分析，我們以答案項作為分析考核能力的焦點。

聽辨詞語考核的指導語如下：

第 1-12 題是聽辨詞語。每題你會聽到一個詞語，請按題號從 ABC 三個選項中選出你聽到的詞語，然後點擊正確答案前的小圓圈。每個詞語播放兩遍。每道題之間空 4 秒鐘，供選擇答案。例如：第 5 題，你聽到：

5. 智慧　　智慧

你應從以下 3 個選項中選出一個正確的答案：

○A. 機會　　　○B. 智慧　　　○C. 自衛

第 5 題的正確答案是 B，你應點擊 B 前面的小圓圈：

◉B

(一) 考核重點

1. 普通話有而粵語沒有的難點聲母：zh、ch、sh、r；j、q、x；
   z、c、s 等。

   例 1：聽辨 j、q、x：

   　A. 期望　　　B. 希望　　　C. 寄望　　　　　答案：(A)

   例 2：聽辨 q 和 c；z 和 zh：

   　A. 棋子　　　B 旗幟　　　C. 辭職　　　　　答案：(C)

2. 粵、普干擾較大的易混淆的聲母：b、p；d、t；n、l；g、h、
   k 等。

   例 3：h 和 k；n 和 l 的區別：

   　A. 花籃　　　B. 跨欄　　　C. 華南　　　　　答案：(B)

   例 4：b 和 p；j 和 x 的分別：

   　A. 編輯　　　B. 偏激　　　C. 遍及　　　　　答案：(A)

   例 5：d 和 t 的分別：

   　A. 擔心　　　B. 談心　　　C. 彈性　　　　　答案：(C)

3. 粵、普干擾較大易於混淆的韻母：ei、ai；ou、ao、u；
   uan、üan 等。

   例 6：ei 和 ai 的分別

   　A. 賠本　　　B. 陪伴　　　C. 排版　　　　　答案：(A)

   例 7：ou 和 ao

   　A. 桃樹　　　B. 投訴　　　C. 陶塑　　　　　答案：(B)

4. 普通話帶介音（i、u、ü）而粵語不帶介音的韻母。

   例 8：ian 和 an 的分別

   　A. 清減　　　B. 情感　　　C. 請柬　　　　　答案：(C)

   例 9：uang 和 ang 的分別

   　A. 開方　　　B. 開荒　　　C. 開放　　　　　答案：(B)

   例 10：ün 和 en 的分別

A. 功勳　　B. 公分　　C. 公憤　　　　　答案：（A）

5. 易混淆的前後鼻音韻母：en、eng；in、ing；an、ang 等。

例 11：eng 和 en 的分別

A. 趁機　　B. 沉寂　　C. 成績　　　　　答案：（C）

6. 聲、韻母相同而粵普聲調不同的詞語。

例 12：第二聲和第四聲的區別

A. 社　　　B. 蛇　　　C. 佘　　　　　答案：（A）

（二）編題要則

1. 適當覆蓋粵、普讀音差異較大的音節，如秩序、窗戶、黃昏等。

2. 所考字詞應該都在常用詞範圍內，忌出冷僻的詞語，如巍峨、走穴等。字詞的選擇最好來自《香港中小學生詞表》（不包括社區詞）。

3. 字詞聲韻調的分佈盡量均勻，難點音位不集中在某一類，如難點聲母不應該都集中在 zh、ch、sh、r 等。

4. 注意選項之間的干擾作用，忌出無干擾作用的選項，如對小六學生來講，"艱苦、幸福、姐夫"選項之間無顯著的干擾。

二、聆聽話語

在語言交際意義上的聆聽是一種綜合能力，通常僅僅聽清語音、抓住表面事實是不夠的，那只涉及聽力記憶；考核聆聽能力還必須包括聽懂話語中的隱含意義，包括文化含義、深層意義等；那往往需要通過綜合聽力題來考查。"小學普通話水平考試"在設計試題之初，就注意處理好單純聽力記憶和綜合理解聽力題的比重，把結合語境的聆聽能力作為聽力考核的重點。

具體地看，聆聽話語考的能力包括檢索重點信息、理解言外之意、歸納綜合主題、理解口語詞等。

聆聽話語的考試說明如下：

第 13-19 題是聆聽話語，聽完錄音後，請根據所提出的問題，按題號從 ABC 三個選項中選出正確的答案，然後點擊正確答案前面的小圓圈。每題只播放一遍。每個問題後面空 10 秒，供你選擇答案。例如：第 18 題，你聽到：

男：慧嫻，你的鋼琴指法進步多了，八級通過了嗎？
女：別提了，臨時抱佛腳，怎麼可能通過呢？

18. 慧嫻失敗的原因是甚麼？
你在試卷上會看到三個選項：
○A. 方法不好　　　○B. 練習太少　　　○C. 臨場失誤

第 18 題的正確答案是 B，你應點擊 B 前面的小圓圈：
◉B

(一) 考核重點

1. 簡單推理的能力。即由已知信息推導未知信息。

例 13：

男：小玲，你知道陳老師在幾樓上課嗎？
女：在一樓，從那邊下一層就到了。
問：談話的兩個人在幾樓？
　　A. 一樓　　　B. 二樓　　　C. 三樓　　　　　答案：(B)

2. 逆向思維的能力。採取反向提問的方式，讓學生選擇與段落信息無關的內容。

例 14：

　　北方人愛吃麵食，喜歡自己親手擀麵條、包餃子、蒸饅頭。我爸爸是北方人，過年過節總愛包餃子。我媽媽是南方人，不會做北方麵食，可她包的湯圓和炒年糕非常好吃。我和弟弟都很有口福，在家裏就可以吃到南北美食。

　　問：這段話沒有提到爸媽做哪一種食物？

　　　　A. 餃子　　　B. 饅頭　　　C. 年糕　　　　　　答案：（B）

3. 理解口語詞和語氣的能力。口語詞和語氣是語句表達的重要輔助工具，情態要與語氣恰當地配合才能傳達出發話人的意圖……（方曉燕，2003），而對口語詞和語氣的把握則是理解句意的必備能力。

　　例 15：

　　男：你們學校的環境怎麼樣？

　　女：提起環境呀，那真是沒說的！

　　問：學校的環境怎麼樣？

　　　　A. 一般　　　B. 很好　　　C. 不值得說　　　答案：（B）

4. 信息轉換能力。

　　例 16：

　　男：小麗，我父母都同意我參加北京夏令營了，你呢？

　　女：我媽沒問題，可還得問問一家之主才行，我弟弟也鬧着要去呢。

　　問：小麗還要問誰？

　　　　A. 爸爸　　　B. 媽媽　　　C. 弟弟　　　　　答案：（A）

5. 記取細節和重點的能力。

　　例 17：

　　男：喂，小林，你能不能告訴我你家在郎屏村的甚麼位置？

女：進了郎屏村口你就會看到左邊有個竹林，右面是條小溪，竹林的後面有一棟兩層高的小樓。那就是我家了。

男：好的，我明白了，不見不散。

問：竹林在小林家的甚麼方位？

　　A. 左邊　　　B. 右邊　　　C. 前邊　　　　　　答案：(C)

6. 歸納綜合語義的能力；概括句子、段落的意思。

例 18：

各位乘客，列車前方到達旺角站，車廂左邊的車門將會打開，前往荃灣線各站的乘客請在對面月台換車。

問：這段話不含下面哪一項？

　　A. 報站　　　B. 換車指示　　　C. 乘車安全　　答案：(C)

(二) 編題要則

根據聆聽能力考點難易順序，從較低層次的近音詞干擾、記取細節、特殊詞語、信息檢索等，到較高層次的歸納概括、邏輯推理、信息轉換、言外之意、語氣態度等着眼 (楊軍，2001)，設計多種類型的聽力題。在設計平行試卷 (復份) 時，要平衡難易，進行等值篩選，必要時要組織預試。

1. 題幹簡練一目瞭然，不宜太臃腫，一般不超過 15 個字。如 "學校的環境怎麼樣？" 這樣的提問就很簡潔。

2. 考點多樣，不集中於某一類。如近音詞干擾、記取細節、特殊詞語、信息檢索、歸納概括、邏輯推理、信息轉換、言外之意、語氣態度等都可出題。但是，對地名、人名、事物名稱等，則不宜多出題。

3. 選項有明顯的干擾，忌出無干擾的選項或 "從天而降" 的選項。三個選項最好都和語段中的信息相關，至少有兩個選項和已有信息相關。

4. 話語內容貼近小學生的認知和生活經驗，以個人、學校、家庭生活為主，少量試題也可涉及社會生活。

5. 話語語境要符合生活的實際，忌杜撰違背交際常識的環境。

6. 對話的長度最好不超過三個話輪。

7. 所用詞語盡量結合小學生特點，採用較為簡單的詞彙或短語。

8. 有意滲透多形式的話語功能，例如採用一些疑問句或感歎句句式。

第三節　判斷題的編製

判斷題主要考核考生對普通話語言要素 (語音、詞彙和語法) 的掌握與運用。語言知識和技能雖然不等同於語言能力，但它是語言能力的基礎，故在以小學高年級學生為主要對象的普通話水平考試中是不可或缺的。其考核策略之一是，語音單列，語法、詞彙混合，不單獨設詞彙考題。

參考劉英林 (1989) 的觀點，判斷題分四種題型：看拼音選漢字、看漢字選拼音、選擇同音字、選擇符合普通話規範的句子等。

一、看拼音選漢字

考核學生掌握運用漢語拼音工具的技能，以及排除母語對目標語干擾和分辨常用字詞語音的能力。

看拼音選漢字的考試說明如下：

根據各題前面的漢語拼音，選出相對應的漢字。每道題的漢語拼音後面，有 ABC 三個選項，請選出讀音和前面漢語拼音完全相同的選項。

例如：第 20 題，你看到：

20. zhāo：○A. 招　　○B. 遭　　○C. 兆

只有 "A. 招" 的讀音與前面的漢語拼音 "zhāo" 相同，你應點擊 A 前面的小圓圈：

⊙A

(一) 考核重點

1. 整體認讀漢語拼音的能力。如當考生看到 zhì、chí、zì、qí 等漢語拼音時，能整體把握音節的讀音。

2. 對書寫符號（字詞）讀音的記憶和提取能力。看到選擇項（如 A. 招 B. 遭 C. 兆）時，能從記憶中提取這些字詞的讀音，並對每個字詞的聲韻調進行分解。

3. 排除母語對目標語干擾的能力。如在 "A. 招 B. 遭 C. 兆" 三個選項中，"A. 招" 是答案項，而粵語 "招" 的讀音接近 jiū，應試者如果不能排除母語的語音干擾，就難以拿 "招" 和題幹 zhāo 配對。

4. 對字詞和漢語拼音的辨認與配對能力。

例 19：

1. wěi： A. 卉 B. 偉 C. 位 （B）

2. xìngfú： A. 幸福 B. 辛苦 C. 心腹 （A）

3. sīshì： A. 史詩 B. 私事 C. 實施 （B）

(二) 編題要則

1. 在常用詞範圍內選詞，忌出冷僻和難認的字詞。如憂鬱、逶迤、躊躇等。

2. 詞語規範，忌出方言詞，或杜撰的詞語。如牙擦、再發、高直、整草、企跳、憤青等即為方言詞或杜撰的詞語。

3. 選項之間有明顯的干擾，忌為了湊數草率出題。

4. 選用學生易混淆的音節出題。如 ia 和 ai、ie 和 ei、ou 和 uo 等。

二、看漢字選拼音

考核運用漢語拼音工具的技能，以及分辨常用字詞語音的能力。

看漢字選拼音的考試説明如下：

第 30–39 題是根據各題前面的漢字，選出相對應的漢語拼音。每道題的漢字後面，有 ABC 三個選項，請選出讀音和前面漢字完全相同的選項。

例如：第 30 題

30. 存：○A. cén　　　○B. chún　　　○C. cún

只有 "C. cún" 與前面的漢字讀音完全相同，你應點擊 C 前面的小圓圈：

◉C

(一) 考核重點

1. 記憶和提取常用字讀音的能力。

2. 把書寫符號轉化成音響符號的能力。

3. 對漢語拼音的整體認讀的能力。

以上的能力重點是從認知角度闡述的，它們往往同時出現於同一題目的回答之中。

例 20：

箱：	A. shāng	B. xiān	C. xiāng	(C)
勤奮：	A. qínfèn	B. kěnfén	C. qínfěn	(A)
襪：	A. mà	B. mì	C. wà	(C)

(二) 編題要則

1. 突出粵普差異較大的音節，忌出粵普讀音相近的非難點音節。如凍、汪、打、飯廳等。

2. 所出音節在語音表範圍之內，忌出杜撰的音節。如 puán、gīn、hiān、gō 等即為杜撰音節。

3. 突出盲目類推容易出錯的音節。如頭、圖、道、度、套等。

三、選擇同音字

考核在沒有拼音符號憑藉的情況下，掌握和分辨常用字詞讀音的能力。

選擇同音字的考試説明如下：

第 40–49 是選擇同音字。每道題的字詞後面，有 ABC 三個選項，請選出和前面字詞的讀音完全相同的選項。例如：第 40 題

40. 九：〇A. 狗　　〇B. 酒　　〇C. 腳

只有"B. 酒"與前面的字詞讀音完全相同，你應點擊 B 前面的小圓圈：

◉B

(一) 考核重點

1. 記憶和提取常用字讀音的能力。

2. 把書寫符號轉化成音響符號的能力。

3. 把音節分解成音位——聲、韻、調的能力。

4. 整體辨別音節、聲、韻、調的能力。

例 21：

輛：	A. 亮	B. 兩	C. 浪	(A)
律：	A. 陸	B. 綠	C. 女	(B)
或：	A. 賀	B. 貨	C. 話	(B)

(二) 編題要則

1. 題幹和答案項要盡量避免出現相同的聲旁或形旁，如 "校─效；莊─裝" 等。

2. 題幹和干擾項最好是粵語同音而普通話不同音的。如走─酒；狗─九；新─身等。

四、選擇符合普通話規範的句子

香港本地居民大多以粵方言為母語，日常交際以粵語為主。儘管大多數人都在學校裏學過標準漢語，但往往只局限在課堂之內，所以當他們使用標準漢語時，粵語的某些表達方式常常 "揮之不去" (石定栩、朱志瑜，2002)。選擇符合普通話規範的句子旨在考核應試者能否正確分辨普通話詞彙 (包括量詞) 和語法規範的能力。

選擇符合普通話規範的句子考試說明如下：

第 50–59 題是對普通話規範說法的判斷。每題中有三個不同的句子，請在 ABC 三個選項中選出規範的句子。

例如：第 50 題
○A. 那間食肆大過這間好多。
○B. 那家飯館大過這家好多。
○C. 那家飯館比這家大得多。

只有 "C. 那家飯館比這家大得多。" 符合普通話規範，你應點擊 C 前面的小圓圈：
◉C

(一) 考核重點

1. 名詞、量詞和狀語後置混合句。

例 22：

A. 我想去買一條冰棍先。

B. 我想先去買一支冰棍。

C. 我想先去買一根冰棍兒。　　　　　　　答案：(C)

2. "把"字和"被"字結構。

例 23：

A. 媽媽就回來了，快給房間收拾乾淨。

B. 媽媽就回來了，快把房間收拾乾淨。

C. 媽媽就回來了，快收拾乾淨房間。　　　答案：(B)

A. 老太太拖行了好幾米，傷勢嚴重。

B. 車拖住老太太行了好幾米，傷勢嚴重。

C. 老太太被車拖行了好幾米，傷勢嚴重。　答案：(C)

3. 及物動詞和不及物動詞。

例 24：

A. "學做小領袖"活動增強了我們的自信心。

B. 班長簡報了這學期我們班的課外活動情況。

C. 爸爸非常惱怒我這次考試的結果。　　　答案：(A)

4. 比較句。

例 25：

A. 那所工廠大過這所好多。

B. 那間工廠大這間好多。

C. 那家工廠比這家大得多。　　　　　　　答案：(C)

5. 雙賓語句。

例 26：

A. 你明天給小明一本書。

B. 你明天給一本書小明。

C. 你明天給一本書給小明。　　　　　　答案：（A）

6. 副詞 "也" 和 "都" 的使用。

例 27：

A. 我們家每逢週末也會去茶樓喝茶。

B. 我們家每逢週末都會去茶樓喝茶。

C. 我們家每逢週末亦都會去茶樓喝茶。　　答案：（B）

7. "有" 加動詞的形式。

例 28：

A. 他有看過這本書嗎？

B. 他看沒看過這本書？

C. 他有沒有看過這本書嗎？　　　　　　答案：（B）

8. 主謂謂語句。

例 29：

A. 老師很好人，經常在學習上幫助我們。

B. 天上星星很多，在神秘的夜空中閃爍。

C. 外面好大風，很多樹都被颳得東倒西歪的。　答案：（B）

9. 複句和關聯詞。

例 30：

A. 他不淨止數學好，而且中文都很好。

B. 只有得到他的支持，我們先會有成功的希望。

C. 即使遇到挫折，我們也不能放棄理想。　答案：（C）

(二) 編題要則

1. 以單句為主，複句為輔。

2. 以同形題（形式基本相同，個別詞語不同）為主，同構題（主幹相同，較多詞語不同）為輔。

3. 語法點突出，以詞序和虛詞為主。

4. 可設詞彙（包括量詞）和語法的混合題。

第四節 朗讀題的編製

朗讀包括朗讀字詞和語段，朗讀字詞是對語言交際基本元素中的音準的考查，而朗讀語段則是對語流中音準和超語音元素，如語氣、語調等的綜合考查。從傳意和交際的角度看，朗讀語段更接近說話，較為重要。

一、朗讀字詞

普通話有一個不能隨意改動的標準語音系統，這就是漢語拼音方案表現的音系（麥耘，1999）。朗讀考核重點之一是對這個音系的掌握，即考核朗讀普通話詞語的語音的準確程度，包括輕聲、兒化、變調。

朗讀字詞的考試說明如下：

現在開始朗讀字詞，屏幕上會顯示出要讀的字詞，請你點擊 **"開始"** 鍵，然後開始朗讀和錄音。讀完一個字詞後，可以點擊 **"下一個"** 鍵繼續。當讀錯了時，要即時點擊 **"重錄"** 鍵重錄。

每個字詞的錄音時間是 4 秒鐘，總時間 3 分鐘。

（一）考核重點

1. 掌握粵、普語音差異較大的字詞的讀音。

例 31：習、級、圖、道、牛、期……

2. 掌握粵語沒有的帶舌尖前、後音或舌面音的字詞的讀音。

例 32：治、尺、己、西、旗……

3. 掌握開、齊、合、撮韻母的讀音，特別是掌握帶 i、u、 ü 介音韻母的讀音。

> 例 33：安、聊、槍、區、路、窗、圈……

4. 掌握粵讀入聲字（帶 p、t、k 塞音）的普通話的讀音。

> 例 34：葉、熱、亦、白、冊、立、筆、博……

5. 掌握輕聲、兒化、上聲連讀變調。

> 例 35：清楚、蘿蔔、胡同兒、小孩兒、奶奶、祖母、懶散……

6. 掌握不同聲調組合的讀音，特別是 11、44、14、41 等組合的雙音節詞語的讀音。

> 例 36：發生、拼音、聘用、畢業、吃飯、汽車、電燈……

（二）編題要則

1. 單音節要避免出多音字。如削、紅、蛇、將、強等。

2. 詞語要符合普通話的規範，忌出方言詞和不規範的詞語。如企跳、外運、晨禱等。

3. 聲、韻、調的覆蓋要盡量全面，忌集中於某幾類。

4. 除雙音節外，可少量地設三音節、四音節詞語。

5. 可少量地設輕聲詞、兒化詞、三聲連讀變調詞。

二、朗讀短文

朗讀是對普通話聲、韻、調和音變的綜合運用、綜合檢驗的一種形式（戴梅芳，1993）。旨在考核考生用連續的語流，正確、穩定、流暢地朗讀語段的能力。

朗讀短文的考試說明如下：

> 現在開始朗讀短文，請清楚地朗讀一遍。當讀錯了詞語或句子時，應即時重讀這個詞語或句子。時間 2 分鐘。

(一) 考核重點

1. 語音的準確程度。

2. 語氣、語調的自然程度。

3. 流暢程度和整體的語言面貌。

4. 對語流音變的掌握程度（上聲連讀、"一"和"不"的變調）。

例 37：

夜深了，鏡片跟鏡框還在爭論不休，它說："我的貢獻最大，主人是靠我才能看清楚的。"對方一聽不服氣了"那你離開我成嗎？"鏡片反駁說："我就不信。"說着，使勁兒掙脫了出來，結果"砰"的一聲碎了。而鏡框呢，沒了玻璃也成了廢物，被扔進了垃圾箱。

(二) 編題要則

1. 段落文字數不超過 120 字。

2. 字戶覆蓋達到 55%。

3. 短文的語言表達規範，且適宜朗讀。

4. 內容積極正面，多樣化，忌有負面或低級趣味的內容。

5. 包含輕聲詞、兒化韻、上聲連讀變調各 1 — 2 個。

6. 包含 "一"、"不" 變調的詞語各 1 — 2 個。

7. 如有個別生僻的詞語要注音。如癬（xuǎn）尷尬（gāngà）等。

第五節　說話題的編製

一、先聽後說

　　中國語文教學的主要目標是培養學生的聽說讀寫能力，要注意它們之間的相互聯繫（謝錫金、祝新華，2002）。先聽後說是對聆聽理解和語言表達的綜合考評，重點考核在沒有文字憑藉的情況下，依據錄音材料，聆聽理解和復述、概括等能力，以及運用介紹、說明、邀約、祈使等簡單語言功能的能力。

　　其考試說明為：

　　第 62 題是先聆聽一段錄音，然後說話。聽錄音時，可在草稿紙上記下要點，聽完後，有 2 分鐘的準備時間。當聽到要你說話的指令時，用 1 分鐘的時間，把聽到的主要內容告訴你的好朋友小平。

　　請聽錄音：

　　現在你有 2 分鐘的準備時間。

　　你有 1 分鐘的說話時間，說話速度不要太慢。

　　現在請把你聽到的主要消息轉告你的好朋友小平。

　　請開始說話。

(一) 考核重點

1. 輸出信息的充實程度——能否復述或概括重要內容。

2. 語氣、語調的自然程度。

3. 語音的準確和語句的連貫程度。

例 38：

先聽後說。聽完一段錄音後，把聽到的消息告訴你的好朋友。聽錄音和準備時間 3 分鐘，說話限時 1 分鐘。

為了增強本港兒童的身體素質，培養他們從小愛運動的好習慣，香港教育署發起了"全港兒童齊運動"的活動。活動的開幕式將於下個星期日在九龍公園舉行，參加開幕式的學生共有 300 多人，他們有的是長跑能手，有的是游泳健將，還有的是球類愛好者。這次活動還請來了歌手方力申做特邀大使，他不但很受年輕人喜愛，而且游泳技術了得，深受青少年的歡迎。

請把這個消息轉告你的朋友：

(二) 編題要則

1. 選取的語料有清晰的信息。

2. 語段大約 130 個音節，播放錄音在 1 分鐘之內。

3. 信息元素適量，最好包括時、地、人、事、因。

4. 向考生交待明確的傳意任務。

5. 語料不要太書面化或太口語化。

6. 內容緊貼小學生的生活，符合其認知水平。如個人、家庭、學校、社會生活方面的內容。

二、按題説話

考核在沒有文字憑藉的情況下，運用指定的介紹、描述、較為複雜的語用功能進行傳意，完成語言交際任務的能力。

其考試説明為：

第 63 題是按題説話。話題播出後有 3 分鐘的準備時間，你可在草稿紙上寫要點。在聽到要你説話的指令後，説 1 分鐘的話。

(一) 考核重點

1. 説話與話題的契合程度。

2. 對敍述、介紹的把握程度。

3. 敍述的層次和條理性。

4. 語音的準確和語句的連貫程度。

5. 詞彙、語法的規範程度。

6. 表達的整體流暢程度。

例 39：

請介紹一下你所在的班級和同學。

(二) 編題要則

1. 話題是絕大部分考生所熟悉的，不能太空泛或太局限（劉鎌力、李明、宋紹周，1995），要便於發揮。

2. 讓考生有話可説，忌脱離小學生的生活和認知。

3. 話題有明確的話語功能和傳意任務。

4. 話題簡明容易理解。

三、回答問題

考核在沒有文字憑藉的情況下，考生運用普通話的思維、表達方式進行傳意的能力。

其考試説明為：

第 64 題是回答問題。問題播出後有 3 分鐘的準備時間，你可在草稿紙上寫要點。在聽到要你説話的指令後，説 1 分鐘的話。

(一) 考核重點

1. 把握題目話語語境。

2. 內容切合話題。

3. 觀點和理據相配合。

4. 語音的準確，語句的連貫。

5. 詞彙、語法的規範。

6. 表達的整體流暢。

例 40：

你最喜歡看甚麼電視節目？為甚麼？

(二) 編題要則

1. 問題開放，有發議論的空間。

2. 話題貼近小學生的學習和生活實際，忌空洞或狹隘，讓他們有話可説，有意見和建議可發表。

3. 話題積極正面，避開負面或敏感的問題。

參考文獻

1. 陳瑞端（2000）《語用能力的培養與思考》。載李學銘主編《語文測試的理論和測試》，第 38-49 頁。香港：香港商務印書館。

2. 戴梅芳主編（1993）《普通話水平測試指南》，《第三編朗讀練習》，第 179-180 頁。北京：語文教育出版社。

3. 方曉燕（2003）《廣州方言句末語氣助詞》。第 157-163 頁。廣州：暨南大學出版社。

4. 李筱菊（2001）《預言測試科學與藝術》。第 34-48 頁。長沙：湖南教育出版社。

5. 劉鐮力、李明、宋紹周（1995）《高等漢語水平考試的設計原則和試卷構成》。載北京語言學院汉語水平考試中心編《漢語水平考試研究論文選》，第 15-34 頁。北京：現代出版社。

6. 劉英林（1989）《試論對外漢語教學的測試問題》。載劉英林主編《漢語水平考試研究》。第 1-17 頁。北京：現代出版社。

7. 麥耘（1999）。《從推普角度漫談普通話的語音標準》。《語文建設通訊》。第 61 期，第 25-28 頁。

8. 石定栩、王燦龍、朱志瑜（2002）《香港書面漢語句法變異：粵語的移用、文言的保留及其他》。《語言文字應用》。第 3 期，第 23-32 頁。

9. 謝錫金、祝新華（2002）《小學三年級學生傳意寫作的可行性研究》。載李學銘主編《教學與測試——語文學習成效的評量》。第 392-403 頁。香港：香港商務印書館。

10. 楊軍（2001）。《試析語用範疇話語聽力題的難度等級及其應用》。載世界華語文教育學會編《世界華語文教學論文集》。第 113-115 頁。台灣：世界華文出版社。

11. 楊軍（2008）《普通話音節人工評測和自動評測的相關研究》。載張普、徐娟、甘瑞瑗主編《數字化漢語教學進展參與深化論文集》。第 482 頁。北京：清華大學出版社。

12. 祝新華、黎秀薇（2009）《香港初中普通話科測試內容、方式的分析與建議》。《基礎教育學報》，第 18 卷，第 1 期，第 109-134 頁。

第四章

評分劃等

　　評分是關係到考試信度的重要環節，直接影響着測試的質量。為了控制評分誤差，必須制定評分準則和細則，培訓評分人員，採取降低評分誤差的措施。

第一節 評分誤差

客觀題和主觀題評分有顯著不同的特點,其中以主觀題的評分誤差較大,較難採取相應的解決措施。

一、客觀題評分

客觀題由應試者在電腦上答題,並由電腦評分。電腦評分的特點是排除了人為干擾、穩定性高,只要有良好的電腦硬體、軟件設施和技術支援,一般不會出現評分誤差。

同時,電腦評分省時、省力、高效便捷,便於及時統計分析。考試當天就能得出分數,每個題目以及每個部分的總分一目瞭然。

為了提高測試的信度,客觀題的設題要注意一些特定的要求,如答題指示語必須清晰;答案項必須明確、唯一;選項數量適當等。

二、主觀題評分

普通話評分過程中,特別是對主觀題的評分,常會出現很多不利於準確評分的因素。

總體上看,導致普通話評分誤差的原因有:(1) 普通話口語水平測試性質模糊;(2) 測試員的專業與業務能力參差;(3) 學生心理素質的不穩定;(4) 測試員能力結構複雜;(5) 非主要測評項權重越位問題等(閻改珍,2006;屠國平,2006)。

具體地看,普通話主觀題主要有朗讀和説話兩個部分,每個部分產生誤差的原因又不盡相同。

如朗讀單雙音節,相當一部分考生處於由粵語向普通話過渡的中介語階段,語音面貌複雜多樣,出現較多缺陷音。為了避免評分過於瑣碎的問題,考試只判定正確和錯誤音,不單獨考查缺陷音,這對缺陷音的評分帶來較大的不確定性和主觀性。如不採取相應的控制措施，這部分的評分差異會較為明顯。

再以說話為例，由於語音的差異，加上考生說話時間長短、內容重點、信息量大小、規範程度、語氣語調、話語組織和條理等方面的表現有極大的差異，要細細區分不同考生說話水平的各種差異，主觀性也難以避免。

為了保證評分的公平、準確，我們就要做到：(1) 制定詳細、易於統一掌握的評分標準；(2) 甄選合格的評閱教師，提高閱卷人員素質；(3) 加強評分訓練，注重復查，實行過程控制等等 (祝新華，1991)。

第二節 評分標準

在發展小學普通話考試的過程中，我們為主觀題制定了評分準則、細則，並設計了便於操作的評分量表。

一、朗讀的評分標準

(一) 朗讀評分準則

第一，語音正確。除要求評定朗讀音節聲、韻、調的準確外，還要求評定音變的準確性，其中包括輕聲、兒化韻、上聲連讀和"一"、"不"的變調。

第二，語氣、語調自然。重點評定考生在朗讀短文時是否帶有方言語調，語氣是否得當和自然。

第三，語流暢順。考核朗讀停連是否得當。

(二) 朗讀評分細則

表 4-1　朗讀評分細則

題目	佔分	説明
朗讀字詞	15 分	共 40 個音節。評定每一個音節對或錯。不扣缺陷分。
朗讀短文	15 分	短文一篇，根據三個方面評分： 1. 語音滿分為 6 分，每錯一個音節扣 0.2 分，扣完 6 分為止。 2. 語氣、語調滿分為 6 分。 一檔：語氣、語調自然 (得 5 - 6 分)； 二檔：語氣、語調尚算自然 (得 3 - 4 分)； 三檔：語氣語調不自然 (得 1 - 2 分)。 3. 流暢度滿分為 3 分。 一檔：不當停頓和重複 0 次 (得 3 分)； 二檔：不當停頓和重複 1-3 次 (得 2 分)； 三檔：不當停頓和重複 4-6 次 (得 1 分)； 四檔：不當停頓和重複 7-9 次 (得 0.5 分)。

(三) 朗讀評分標準的實施

1. 朗讀字詞的評分

(1) 評分的策略：這部分共 40 個音節，包括了單音節字詞、雙音節和多音節詞語。評分按每個音節的錯音扣分，不扣缺陷分。以普通話語音系統中的音位作為區別正確和錯誤的標準。

(2) 標準的執行：評分在電腦評分界面上完成，評分員用滑鼠輸入代表正確或錯誤的阿拉伯字母，如讀音正確，評卷員在電腦中輸入 2，如讀音錯誤，則輸入 0，電腦自動運算計分。

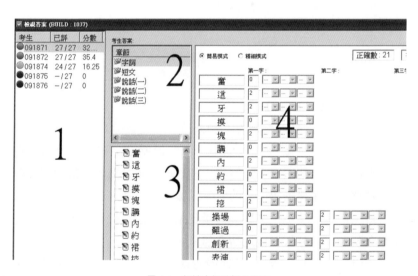

圖 4-1　朗讀字詞的評分界面

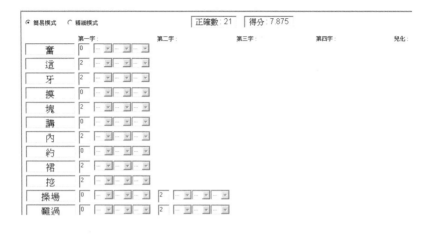

圖 4-2 朗讀字詞的評分界面

2. 朗讀短文的評分

(1) 評分的策略：朗讀短文的評分較音節評分部分更為複雜，評分難度也更高。音節評分標準針對音節制定，測量目標局限在語音層面。而對朗讀短文的評測，考察的不單是朗讀音節的準確程度，還要考察在連續語流中的音變、流暢度、語氣語調、整體語音面貌等。評分標準不再是單純的量化指標，還須綜合各種特徵，把定量分析和定性分析有機地結合起來。

(2) 標準的執行：評分員通過電腦評分界面聆聽錄音，並用滑鼠在電腦界面作適當點擊即可完成評卷工作。跟音節評分操作不同的是，評卷員只需點擊考生朗讀短文時讀錯的字，不需要輸入任何符號，而對語氣自然與否和整體流暢程度的評分，每項均分為三個檔次(詳見評分細則)，評卷員用滑鼠點擊通過定量和定性分析後認為恰當的檔次即可。如有必要，還可以點擊"重設評分鍵"重評，或點擊"人工調整"鍵對這部分的總分進行適當的加減。

錯字：4	語氣、語調 ○6 ◉5 ○4 ○3 ○2 ○1	流暢程度 ○3 ○2 ○1 ◉0.5	人工調整 0 ▾
重設評分			得分：10.70

有	個	小	孩	兒	把	手	伸	進	玻	璃	罐	裏	，	抓	起	滿	滿	一	大	把	糖	果	。	可
是	當	他	要	把	手	抽	出	來	時	，	拳	頭	卻	被	瓶	口	卡	住	了	。	他	既	不	情
願	放	下	糖	果	，	又	想	不	出	其	他	好	辦	法	，	急	得	大	哭	起	來	。	這	時
，	走	來	一	個	人	對	他	說	：	"	孩	子	，	有	時	必	須	學	會	取	捨	，	只	要
少	拿	一	點	兒	，	你	的	手	就	能	輕	易	地	抽	出	來	了	。"						

圖 4-3　朗讀短文的評分界面

二、説話的評分標準

(一) 説話評分的準則

第一，語音正確。和朗讀的要求相同。

第二，詞彙、語法合乎規範。

第三，內容切題、充實。

第四，表達自然、流暢。

(二) 説話評分的細則

表 4-2　説話評分細則

題目	佔分	説明	備註
先聽後説	10 分	1. 內容滿分 3 分。 一檔：復述完整、內容充實(得 3 分)； 二檔：復述尚算完整、內容較充實(得 2 分)； 三檔：復述不夠完整、內容單薄(得 1.5 分)； 四檔：復述不完整、內容空洞(得 0.5 分)。	* 若話中停頓過長，可以降一檔。
		2. 語音滿分 4 分。 一檔：錯 1-3 次(得 4 分)； 二檔：錯 4-10 次(得 3 分)； 三檔：錯 11-20 次(得 2 分)； 四檔：錯 20 次以上(得 1 分)。	* 若說話太少(例如不足 30 秒或説得太慢)，以下三項可按情況下調

題目	佔分	說明	備註
先聽後說	10 分	3. **詞彙、語法滿分 1 分。** 一檔：錯 0-1 次（得 1 分）； 二檔：錯 2-3 次（得 0.75 分）； 三檔：錯 4-5 次（得 0.5 分）； 四檔：錯 6 次或以上（得 0.25 分）。 4. **流暢度滿分 2 分。** 一檔：不當停頓和重複 0-1 次（得 2 分）； 二檔：不當停頓和重複 2-3 次（得 1.5 分）； 三檔：不當停頓和重複 4-5 次（得 1 分）； 四檔：不當停頓和重複 6 次或以上（得 0.5 分）。	一至兩檔： ➢ 語音 ➢ 詞彙、語法 ➢ 流暢度
依題說話	10 分	從四個方面進行評分： 1. **內容滿分 3 分。** 一檔：切合要求、內容充實（得 3 分）； 二檔：尚算切合要求、內容尚算充實（得 2 分）； 三檔：部分切合要求、內容不充實（得 1.5 分）； 四檔：不切合要求、內容空洞（得 0.5 分）。	* 若話中停頓過長，可以降一檔。
		2. **語音滿分 4 分。** 一檔：錯 1-3 次（得 4 分）； 二檔：錯 4-10 次（得 3 分）； 三檔：錯 11-20 次（得 2 分）； 四檔：錯 20 次以上（得 1 分）。 3. **詞彙、語法滿分 1 分。** 一檔：錯 0-1 次（得 1 分）； 二檔：錯 2-3 次（得 0.75 分）； 三檔：錯 4-5 次（得 0.5 分）； 四檔：錯 6 次或以上（得 0.25 分）。 4. **流暢度滿分 2 分。** 一檔：不當停頓和重複 0-1 次（得 2 分）； 二檔：不當停頓和重複 2-3 次（得 1.5 分）； 三檔：不當停頓和重複 4-5 次（得 1 分）； 四檔：不當停頓和重複 6 次或以上（得 0.5 分）。	若說話太少（例如不足 30 秒或說得太慢），以下三項可按情況下調一至兩檔： ➢ 語音 ➢ 詞彙、語法 ➢ 流暢度
回答問題	10 分	從四個方面進行評分： 1. **內容滿分 3 分。** 一檔：回答問題準確，表述清楚（得 3 分）； 二檔：回答問題尚準確，表述尚清楚（得 2 分）； 三檔：回答問題不準確、表述不清楚（得 1.5 分）； 四檔：內容空洞，說話不足 30 秒（得 0.5 分）。	* 若話中停頓過長，可以降一檔。

題目	佔分	説明	備註
回答問題	10分	2. 語音滿分 4 分。 一檔：錯 1-3 次（得 4 分）； 二檔：錯 4-10 次（得 3 分）； 三檔：錯 11-20 次（得 2 分）； 四檔：錯 20 次以上（得 1 分）。 3. 詞彙、語法滿分 1 分。 一檔：錯 0-1 次（得 1 分）； 二檔：錯 2-3 次（得 0.75 分）； 三檔：錯 4-5 次（得 0.5 分）； 四檔：錯 6 次或以上（得 0.25 分）。 4. 流暢度滿分 2 分。 一檔：不當停頓和重複 0-1 次（得 2 分）； 二檔：不當停頓和重複 2-3 次（得 1.5 分）； 三檔：不當停頓和重複 4-5 次（得 1 分）； 四檔：不當停頓和重複 6 次或以上（得 0.5 分）。	若説話太少（例如不足 30 秒或説得太慢），以下三項可按情況下調一至兩檔： ➢ 語音 ➢ 詞彙、語法 ➢ 流暢度

(三) 説話評分標準的實施

1. 説話評分的策略

説話題的內容評分較難把握，必須採取適當的策略，才能縮小不同評分員之間的評分差距。

説話題共有先聽後説、依題説話、回答問題三種形式，雖然每種説話形式的評分項相同，但在實際評分時要根據各部分的考點和特點，採取相應的評分策略。例如，先聽後説考的是應試者接受和輸出語言信息的能力，在評定內容部分的分數時，尤其要注意考生復述所涉及的時間、地點、人物、事件、原由和結果，並根據這些點出現的多寡和正確與否，確定內容得分的檔次。

依題説話和回答問題的內容考點，主要是應試者説話的切題程度，即能否圍繞給定的話題展開敍述和議論。評分員要留意考查學生説話的內容，有沒有抓住話題的題眼（關鍵詞），作為確定評分檔次的內容依據。而評定回答問題的內容分數，還要考察應試者應對的思辨能力和邏輯性。

2. 說話標準的執行

三種形式說話題的評分都是在電腦上進行的。評分員首先進入評分系統，打開音檔後，播放學生說話的錄音，遇到學生有錯音，評分員就用滑鼠點擊電腦界面上的"＋"鍵加以記錄。如記錄錯誤，可點擊"－"鍵調整。對內容、詞彙、語法、自然流暢度的評分和記錄，可以通過點擊界面列出的不同檔次完成。

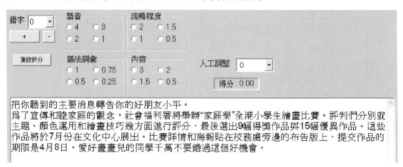

圖 4-4　說話評分界面

三、制訂評分標準的總結和反思

評分標準是評分系統的重要組成部分，它在很大程度上左右着測試的有效性、可靠性。釐定評分標準是一項細緻而艱巨的工作，標準草擬後，需經試用，如發現測量不夠準確或不便操作，就要細加調整，使之更加完善。我們的體會和做法如下：

(一) 從實際出發，釐定語音評分標準

宋欣橋 (1999) 指出，現行普通話水平測試的架構，通過單音節字詞、雙音節詞語、朗讀和說話等項測試，可以較為全面地顯現應試者整體的語音面貌。

語音評定在普通話測試中佔有重要地位。在釐定語音的評分標準時，我們一方面重視對語音的考察，另一方面又從香港的實際出發，以"區別特徵理論"為依據，化繁為簡，只以正確和錯誤來評

定語音，不評缺陷音。麥耘 (1999) 強調，一個人的普通話語音標準與否，在於他所發的音是否在普通話音位性規定的寬容度所劃定的範圍之內，而並不要求他發的音跟北京音完全一致。受此觀點和"區別特徵理論"的啟發，我們對於聲、韻、調雖有缺陷，但只要沒有錯為另一個音位的，均視為寬容度所允許的音位變體，不予扣分。這樣的語音評分標準既有剛性又有彈性，既不降低水平考試的標準，又對粵方言區的小學推普工作起到積極的推動作用。

(二) 吸取實測經驗，調整評分檔次

在最初釐定的説話項目的評分細則中，對內容、語音、詞彙語法、流暢度四個測試項，均分別劃分了四個檔次，除了內容的檔次是設立在定性分析的基礎之上外，語音、詞彙語法、流暢度的分檔都有具體的量化指標。但經過實測，我們發現固定的檔次劃分，往往不能適於評定部分較為特殊的説話樣本。説話時間不足，在小學普通話水平測試中並非個別現象。造成這種情況的原因既有語言能力不高的因素，又有非語言能力的因素。如語音能力差者發音困難，詞彙貧乏，語不達意，欲言又止；但有的可能因為準備不足或者臨場過於緊張，以至説不足時間。

還有一種情況，雖然考生從頭説到了尾，但語速太慢，説出的音節偏少。這都給我們準確評分帶來了困難。説得少錯的自然就少，如果只用量化評定，不準確也不公平，對此，我們調整了評分的標準，對不符合時間和語速要求的語言樣本，在相關的考察項目下，可以根據具體情況下調一至兩個檔次。此後的評分實踐證實，變通的標準更能真實評定應試者的語言表徵及其實際能力。

第三節　評分方法

評分要準確、客觀，分數應能夠反映出學生所達到的水平。評分標準在有統一尺度的前提下，應有一定的靈活性；例如形成性測試的評分，就應該充分發揮其反饋、調節的功能，以提高學生學習的積極性 (朱作仁等，1991)。

一、計分方法

現行的語言測試，主要採用以下三種方法，我們要根據它們各自的長處及所評定的不同內容，選擇適當的方法：

1. 百分記分法，是最常用的表示學生學業成績的計分方法。這種方法的特點是等級多，方便為學生排序。缺點是沒有確定的評分標準，每一分的意義不明確。

2. 等級記分法，通常用"五分制"，即 5、4、3、2、1 五個等級記分，分別表明"優秀"、"良好"、"及格"、"不及格"、"劣等"。

3. 常態分佈記分法，將學生的答卷依成績高低排列，然後依據常態分佈原理分等。可分為五級制，也可分為九級制 (祝新華，1991；高全蓉，2004)。

小學普通話水平考試對於各細項採用"百分記分法"以更精確地記分，並便於分數處理；而對於總成績則採用"等級記分法"，即劃分分數段，把分數轉換為等級。由於本考試以目標測試為主，因此，不採用"常態分佈記分法"。

二、評分模式

對於綜合性的活動表現，或綜合性作品的評分，有以下三種模式可供選擇：

1. 分項評分：分項評分是根據測試能力結構編制相應的評分標準，從而逐項評定測試成績的方法。分項評分是把語言分割對待，反映了一種分割式的語言觀 (atomistic view of language) (李筱菊，1997)。這種方法由於分別規定了評分項目和其各自在總分中的比重，逐項評分，所以評分比較細緻，依據比較明確，能夠在一定程度上平衡評分偏差。但是它也有一定的局限性，例如缺乏對整體的關照。

2. 整體評分：根據總體情況直接作出綜合評分。主要採取的方法有 (1) 印象評分法，多個評分者共同總體評分，然後取平均分；(2) 整體標準評分，可分為幾等來評分；(3) 相對比較評分法，通過相互比較，評定某一學生在某一群體中該項目的相對位置，在這個基礎上進行分數評分。具體的可採用順序評分、配對比較以及標準九和五等分的概率評分法等等；(4) 參照量表評分法，參考一系列的不同水平的等級實例，進行評分。這種方法的優點是能夠有效地照顧整體效果，時間較為經濟，但往往失之粗略 (祝新華，1991)。

3. 綜合評分：如將分項評分和整體評分相結合，它融合了分項評分和整體性評分的長處 (祝新華，1991)。

小學普通話水平考試，吸取分項評分和綜合評分的長處。主要體現在說話題的評分上。由於說話由多種能力因素組成，但它們的累加不等於語言交際能力，所以，在分析學生的表現後，還可從整體上把握學生水平，評分者可對分數進行調整。

三、選擇評分員

評分員的素質和評分程式是保證評分質量的關鍵。在主觀題的評分過程中，人是起主導作用的因素，即使再細緻的評分標準，也還得由評分員去執行。

因此，我們在實施評分之前，十分重視評分員隊伍的建設。選

擇評分員的要求是:

1. 必須具備中文和語言學方面的專業知識以及相關的經驗。

2. 具有普通話等級證書,一般要求達到 PSC 的一級乙等或以上水平。

3. 有國家級普通話測試員資格的優先考慮。

4. 有三年以上的全日制學校的普通話教學或用普通話教授中文的經驗。

5. 以理工大學中文系的校內評分員為主體,校外評分員可作必要補充。

四、評分員的培訓

評分員只有經過培訓才能統一認識、統一尺度、統一操作,即掌握相同的方法,使用統一的尺度完成評分任務。

認識不統一,在實施評分的過程中就會出現偏差。如有的可能用分解式評分的方法,把評分焦點放在語言知識方面,着重於語言知識的量化,而忽略宏觀的定性評估。有的則用綜合評分的方法,憑印象定性,給整體分,忽略組成語言能力的元素(如說話題中的語音、詞彙、語法等)。結果評分員之間的不一致性會被拉大,使評分夾雜了不穩定和不公允的因素。

針對可能出現的評分員之間的不一致,以及評分員自身前後的不一致,我們採取以下措施:

第一步,從統一認識入手,首先,盡可能拉近評分員之間在語言教學觀、測試觀上的差距,具體解決因觀念分歧所帶來的評分誤差:1. 教語言究竟要教甚麼,考語言究竟考甚麼? 2. 語言能力究竟是甚麼? 是不是語言知識或者語言技能的簡單相加? 3. 分解式評分和綜合式評分有甚麼利弊? 怎樣合理利用? 等等。誠然,短短的一兩次培訓不可能完全把評分員多年形成的教學觀和測試觀完全統一起來,但起碼讓他們明瞭該考試是建立在甚麼樣的語言觀和測試理論基礎之上的。認識倘能基本一致，就算初步達到了培訓目的。

第二步，講解小學普通話水平考試的設計理念、考試和試題結構、考點和目標能力，讓評分員對該考試的設計思想、理論依據、測試焦點等有所了解。

第三步，講解評分準則、細則，展示已有的評分示例（把分數等級和語言面貌加以聯繫）。同時，強調評分紀律。有不同的個人意見可以保留，但在評分過程中，必須依循評分準則和細則操作。

第四步，進行實際試評。選取有代表性的不同等級的語言樣本，讓評分員按照自己對等級描述和評分準則的理解，對音檔獨立評分。在試評後，將大家對同一音檔的評分拿出來共同討論，比較不同評分員的評分差異，並找出形成分歧的原因。在此過程中，讓評分員陳述自己如此評分的理由，經過討論後，達成較為一致的意見；同時，取得對評分工具及其標準的共同認識，有利於把握分寸。

五、評分過程

評分程序合理、步驟得當，才能避免出錯、保證質量。小學普通話水平考試的評分工作步驟如下：

考試後，集中整理學生考試的錄音檔案，檢查語音樣本是否完整，並進行編碼和核對工作，力求做到音檔無殘缺、無遺漏、無錯位。在此基礎上，隨機派發待評的試卷給評分員。

評分前，召開評分員會議，討論評分細則，需要時對評分標準作出補充或闡釋；堅持寧缺勿濫的原則，按照標準嚴格選擇評分員，並由有豐富測試和評分經驗的國家級測試員對評分員進行專業和技能培訓，在此基礎上組織試評。

在評分工作結束後，還要對評分結果進行抽樣檢查，看看是否有評分錯誤，及時察覺問題，及時糾正。如有必要，還要調整誤差較大的主觀題，比如：倘若某考生的客觀題評分和主觀題評分分歧較大，就要復查，找出偏差，及時調整。

整個評分過程可用下圖簡示：

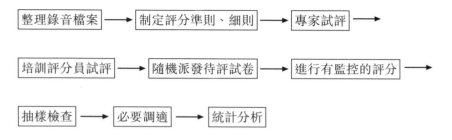

六、改進評分的措施

在組織評分時，我們嚴格遵循一些基本的原則和方法，以降低評分誤差。

第一，對受試者身份保密，避免產生不公正和偏頗情況。

第二，隨機分配試卷，確保每一個評分員所評的試卷覆蓋不同的等級，便於在比較中準確評定學生表現。

第三，有監控地獨立評分，用監察試卷的評分，了解、控制不同評分員的寬鬆程度。

第四，雙評，雙評差異超過兩個等級或以上的試卷，由第三者加入重評。

第五，採取分數復核制度，並允許應試者查分，通過糾偏和補救確保考試的信度。

第四節　等級描述

小學生普通話水平考試，對各部分及小題採用百分制計算，但最後則按照不同的分數段，相應地劃定六個等級。等級描述是以定量和定性評測形成的分數為依據，對不同等級的語言能力進行的區別性描述。

一、等級描述的認識

根據以下的認識，發展等級描述：

1. 語言能力水平可以通過語言表徵進行推斷和度量。

2. 應試者完成語言活動的質量存在顯著差異時，其語言樣本有着不同的語言面貌。

3. 處於同一個等級的學生，有一些共同的典型特徵可加以描述。當然，在一些細節問題上，不同的學生仍有不同的表現。

4. 各等級間的描述要有顯著的區別，易於區分。

5. 等級描述是用於解釋學生考試成績的，它不是具體的評分指引，但要有利於使用者理解。

二、等級描述説明

各等級之間的主要差別表現在以下方面：

第一，聽辨普通話詞語和聆聽理解普通話話語的差異。

第二，對語言知識，包括語音、詞彙、語法的使用規範的差異。

第三，用普通話進行交際的自然流暢程度的差異。

第四，傳意的信息量和條理性的差異。

該考試將普通話水平劃分為六個等級：A 級為最高等級，此後依次為 B、C、D、E、F。各等級的描述詳見表 4-3。

表 4-3 等級描述

等級	等級標準説明
A	能準確地聆聽、理解簡單的普通話的對話和語段的意思；説話切題，表達完整，條理清楚；語音正確，發音清晰；語調自然流暢；詞彙、語法符合普通話的規範；能用流利的普通話進行溝通。
B	能正確地聆聽、理解簡單的普通話的對話和語段的意思；説話切題，表達完整，條理較清楚；語音基本正確，難點音存在少數錯誤，發音清楚；語調較自然；偶爾會出現不規範的詞彙和語法；能用順暢的普通話進行溝通。
C	能聽懂簡單的普通話的對話和語段的意思，但有時抓不住細節；説話大部分切題，表達基本完整，有條理；語音失誤較多，發音尚清楚；出現了一些不規範的詞彙和語法；基本上能用普通話進行溝通。
D	能基本聽懂簡單的普通話的對話和語段的意思，但有時抓不住主要信息及部分細節；説話基本符合題意；方音明顯，發音較為含糊；出現了較多的不規範的詞彙和語法；有系統性語音偏誤，但仍能被聽懂，有基本的傳意功能；勉強能用普通話進行日常溝通。
E	能部分聽懂很簡單的普通話的對話和語段的意思；會嘗試用普通話表達，但説得斷斷續續；方音很重，發音含糊；有很多不規範的詞彙和語法；語音偏誤嚴重，難以被聽懂；用普通話進行日常溝通有困難。
F	不予描述。

按照等級標準，以每個考生的考試得分的具體表現，和測試專家、普通話教學工作者共同討論，劃分出每次考試的臨界分數。2008 年 7 月考試的等級比例，如表 4-4，列此供參考：

表 4-4 小學普通話水平考試各等級比例（以 2008 年 7 月考試為例）

	出現人數	人數比例 %	累計比率
A	2	2.0	2.0
B	17	16.7	18.6
C	27	26.5	45.1
D	39	38.2	83.3
E 不入等	15	14.7	98.0

	出現人數	人數比例 %	累計比率
F 不予描述	2	2.0	100.0
合計	102	100.0	——

參考文獻

1. 高全蓉（2004）。"淺析百分制與'等級＋評語'的優劣"。《四川教育學院學報》。第 9 期，第 167-168 頁。

2. 李筱菊（1997）。《語言測試科學與藝術》。第 86-89 頁。武漢：湖南教育出版社。

3. 麥耘（1999）。"從推普角度談普通話的語音標準"。《語文建設通訊》。第 61 期，第 26 頁。香港：香港中國語文協會出版。

4. 宋欣橋（1999）。"普通話水平的語言表徵與相應的測試等級"。載於李學銘主編《語文測試》。第 475 頁。香港：商務印書館。

5. 屠國平（2006）。"PSC 評分再探"。《紹興文理學院學報》。第 2 期，第 58-62 頁。

6. 閻改珍（2006）。"普通話水平測試中的非客觀因素"。《山西煤炭管理幹部學院學報》。第 2 期，第 46-47 頁。

7. 祝新華（1991）。《作文測評理論與實踐》。第 132-179。武漢：湖北教育出版社。

8. 祝新華（1991）"第二章　語文測驗的一般方法"。載朱作仁主編《語文測驗原理與實施法》。第 63-69 頁。上海：上海教育出版社。

第五章

先導性考試的定量分析

第一節　研究問題與方法

普通話水平考試在國內已經開展了相當長的一段時間，引發了大量研究（劉照雄，2004），但是研究者很少從教育心理測量學的角度對普通話水平測試展開研究。其中，討論普通話水平測試的信度和效度的一些研究（遲永長，1998；謝育民、周湧、龍莉，2005；李靜，2005；陳忠，2006；楊灼，2006；徐泉、陳佑林，2007；陸惠雲，2008；章天從，2008；周秋蓮、鄧華，2008），主要採用思辨的方法展開，並非從量化的角度進行實證探討。僅楊志明、張雷（2002）採用了概化理論實證研究了普通話水平測試的信度。在現有文獻中，我們比較少見到對普通話測試進行測量學分析的報告。

使用實證性的量化數據來檢討小學普通話水平考試的質量，包括對測試題目參數的分析以及測試信度、效度的檢核，是本研究獨特之處。

小學普通話水平考試是標準參照測試，其測量學的分析有其獨特要求。但是考慮到不管怎樣表示成績，所有的測試都內含常模參照系（安妮・安娜斯塔西、蘇珊娜・厄比納，2001），因而本研究從常模參照和標準參照兩種測試的角度進行測量學指標的分析。標準參照測試最大的特點就是將被試區分為"達標"和"未達標"，或者"通過"和"未通過"，其分析方法也是基於這個特點建立起來的。因而我們將測試中達到國家語委規定的普通話水平最低標準的學生作為達標組，而將未達到這個水平的學生作為未達標組，並以此展開標準參照測試的分析。

本項研究的數據採用先導性測試的評分結果，該次測試由三所學校的 102 名小六學生參加，評分由具有豐富教學經驗的普通話資深老師完成。具體安排參見本書第二章第三節。

第二節　結果與討論

一、題目參數分析

(一) 難度分析

標準參照測試與常模參照測試一樣都以通過率來表示難度，不過標準參照測試要對達標和未達標兩組都估計難度 (張敏強，2002)。測試的總體難度分佈如下表 5-1 所示，具體題目的總體、達標組與未達標組的難度值參見附件 9。

表 5-1　題目難度分佈

難度分組 （通過率）	總體難度		未達標組難度		達標組難度	
	頻次	比率	頻次	比率	頻次	比率
0.47 以下	7	7.6	26	28.3	0	0
0.48-0.57	14	15.2	11	12.0	1	1.1
0.58-0.67	14	15.2	14	15.2	12	13.0
0.68-0.77	20	21.7	23	25.0	15	16.3
0.78-0.87	21	22.8	10	10.9	22	23.9
0.9 以上	16	17.4	8	8.7	42	45.7
平均難度	0.71		0.61		0.84	

從表 5-1 中可以看出本測試的所有題目平均難度為 0.71，說明整體難度適宜，較為符合小學生答題特點。從難到易的題目都有一定數量，難度分佈比較合理。

達標組與未達標組在整體難度上差異明顯，未達標組可以應付的考題平均難度為 0.61，而達標組平均難度為 0.84，平均差值達到了 0.23，達標組可以應付的題目難度很小，未達標組題目難度很大。這表明，所使用的題目在難度上能夠體現出學生的不同能力水平，題目難度較為合適。

整體難度略顯負偏態，特別是達標組通過率超過 0.90 的題目佔總題數的 45.7%，這較好地體現了標準參照測試的試題特點，整體難度和難度分佈較為適宜。這一結果，也進一步表明了測試的題目難度是合理的。

如表 5-2 所示，每個分測試平均難度在 0.67-0.83 之間，題目難度適當，難度符合測量學的要求。

表 5-2　分測試平均難度與區分度

	聆聽	判斷	朗讀	說話
平均難度	0.83	0.67	0.72	0.65

(二) 區分度分析

常模參照測試的題目區分度可用效標相關的方法進行計算，本研究計算每個題目得分與分測試總分 (效標) 之間的相關係數。標準參照測試的題目區分度一般採用達標和未達標兩個樣本組之間的變化為指標 (張厚粲、劉昕，1992)，本研究將以達標組學生在某個題目上的通過率減去未達標組學生在該題目上的通過率為區分度指標，即題目難度的組間差異，所有題目的具體區分度參見附件 9。根據區分度的評價標準 (張敏強，2002) 把用常模參照測試計算得到的題目區分度進行分類，結果參見表 5-3。

表 5-3　題目區分度分佈

區分度	試題評價	題數 (頻次)	比率
0.4 以上	非常優良	61	66%
0.30-0.39	良好，如能改進更好	13	14%

區分度	試題評價	題數(頻次)	比率
0.20-0.29	尚可，需做改進	11	12%
0.19 以下	劣，淘汰或提高區分度	7	8%

　　從表 5-3 可以看出，組成正式測試的題目區分度低於 0.2 的僅有 7 道題目，即使採用常模參照測試的標準分類，絕大部分題目都可鑒別學生的不同水平。分析這 7 道題目發現，這些題目都比較容易，除了其中一題通過率在 0.7 以下外，其餘 6 題都具有較高的通過率，可能是這些題目區分度較低的原因。對這些題目，有兩種可能的處理方式，一種是刪除、修改或者替換題目；另一種是對題目與測試目標的一致性進行分析，如果題目涉及的問題是普通話能力必須具備的重要內容，即使區分度較低也予以保留。實際上，標準參照測試中題目的取捨，首先必須考慮題目與測試目標的一致性，然後才是考慮題目難度和區分度這些統計指標，對題目進行篩選和確定 (張敏強，2002)。通過分析，這些題目都是反映普通話能力的重要內容，應該加以保留。

　　如表 5-4 所示，每個分測試平均區分度都高於 0.3。

　　在總體上講，測試區分度恰當，符合測量學的要求，能較好地鑒別學生的普通話水平。

表 5-4　分測試平均難度與區分度

	聆聽	判斷	朗讀	說話
平均區分度	0.47	0.42	0.39	0.52

二、信度估計

(一) 測試整體信度估計

　　測試結果應該具有一定的穩定程度，或者說同樣的測試手段對相同的測試對象在不同時間實施，測試分數具有一定的一致性。測試分數在一段時間和不同情境下相對穩定性的程度或者一致性程度就是測試的信度(安妮・安娜斯塔西、蘇珊娜・厄比納,2001)。本研究使用經典測量理論中常見的反映題目一致性的同質信度和反映題目取樣誤差的分半信度作為測試整體信度的估計方法。

整個測試的內部一致性 α 係數是 0.94,分半信度(奇偶試題的分半相關係數並經斯皮爾曼－布朗公式矯正)是 0.95。

每個分測試的的分半信度係數和內部一致性 α 係數如表 5-5 所示,四個分測試的內部一致性在 0.74－0.85 之間,分半信度在 0.81－0.92 之間,都具有較高的可信度,測試的穩定性和可靠性是可以接受的。

表 5-5 信度估計結果

	聆聽	判斷	朗讀	說話	全測試
內部一致性係數	0.74	0.85	0.85	0.77	0.94
分半信度	0.81	0.91	0.92	0.90	0.95

(二) 測試評分者信度估計

測試中朗讀和說話部分,是評分者根據評分標準和專業經驗進行評分的,具有一定的主觀性。因此,本測試分別計算不同評分者評分結果的相關係數,以考察評分者之間的一致程度,即將其作為測試評分者信度。兩位評分員對朗讀評分的相關係數是 0.81,對說話評分的相關係數是 0.74。評分者信度較好,可以接受評分員之間的誤差。

(三) 標準參照測試的信度矯正

標準參照測試信度常用的估計方法之一是對常模參照信度估計的結果(無論是復本信度、重測信度,還是分半信度、內部一致性信度),採用下面的利文斯頓公式進行矯正(吉尔伯特・薩克斯,2002)。

$$r_{CR} = \frac{r_{NR}\,S^2 + (\overline{X} - C)^2}{S^2 + (\overline{X} - C)^2}$$

式中 r_{CR} 為標準參照測試的信度，r_{NR} 為任何一種信度估計方法得到的結果，S^2 是測試分數的方差，$\overline{X}$ 為分數的均值，C 為達標分數或分數線。

分別將前面計算所得的內部一致性信度估計和分半信度估計代入上述公式，得到標準參照測試的校正信度分別為 0.94 和 0.95。

本研究的測試編製借鑒了國家語委的普通話測試，根據楊志明、張雷 (2002) 的研究，國家語委的普通話測試總體信度較高，全域合成分數的概化係數 0.85，三個分測試的概化係數分別是：讀單音節字詞 0.77、讀雙字詞短文 0.71，判斷部分 0.32，分測試三的信度較低。本研究的結論與該項研究相近。需要指出的是，楊志明、張雷 (2002) 的研究採用概化理論進行信度的分析。這種分析可以同時考慮了測試、評分者和學生個體誤差對測試結果的影響。本研究採用經典測量理論中的相關法估計信度，先採用內部一致性係數單獨估計了來自測試自身、參加測試學生的測量誤差，再採用評分者相關係數，考察了評分者一致性對測試的影響，而不是像概化理論那樣將這三個方面的誤差同時考慮。即便如此，兩個研究的結果應該看成是一致的。

總體而言，本研究分析了測試的內部一致性、分半信度、評分者信度以及作為標準參照測試的信度，結果表明，無論作為常模參照測試還是作為標準參照測試，本測試都具有較高的信度，測試精度可以接受，測試是穩定、可靠的。

三、效度估計

效度是某個測試能測到所要測量的東西的程度，它是測量至關重要的一個指標。本測試從內容效度、效標效度和結構效度三個方面進行考察。

(一) 內容效度

一個測試具有內容效度，必須具備兩個條件，一是測試要有定義明確的恰當的內容範圍，二是測試題目應是所確定的內容範圍的有代表性的取樣。

本測試主要依據《小學課程綱要：普通話科 (小一至小六)》(香港課程發展議會，1997) 編製，並參考《普通話水平測試實施綱要》(國家語言文字工作委員會普通話培訓測試中心，2004)、《普通話水平考試大綱》(香港理工大學，2008)，內容範圍明確。命題有明確的規範和要求 (參見本書第三章)，組織專家命題，並進行多輪討論、修訂，力求使各分測試的題目切合內容範圍，具有代表性。研究過程中曾邀請三位專家審定《小學普通話測試大綱》，組織語文教學專家及有經驗的小學普通話教師召開 "焦點小組會議"，他們共同認為，本測試能够較好地覆蓋小學普通話教學內容的全域，體現了該領域內部各個方面的內在聯繫，各分測試能代表該測試所界定的內容，具有良好的內容效度。

(二) 效標關聯效度

本研究中效標關聯效度是指小學普通話水平考試成績與教師對學生普通話水平評定 (效標) 之間的相關程度。

求取效標 (任課教師評定) 的具體做法，要求參加測試學生的語文任課教師 (至少給學生授課半年以上) 根據學生平時的表現，在聆聽、朗讀、說話和拼音四個方面，按 "一、二、三、四、五" 五個從低到高的等級進行評定。這五等分別計為 1、2、3、4、5 分，然後將每個學生的聆聽、朗讀、說話和拼音四項得分相加作為教師對學生普通話評定的成績。為防止效標污染，教師的評定在學生測試之前完成。

教師評定的結果與測試結果的相關係數是 0.67，在 .01 水平上顯著相關，這說明測試的效標關聯效度較高，可以接受。

(三) 構想效度

所謂構想效度就是測試編製者對所要測量的概念作出分數解釋的理論或事實的設想 (美國教育研究協會、美國心理學協會、全美教育測量學會，2003)。本研究採用的是聚合效度、結構效度測試構想效度。

1. 聚合效度

聚合效度是測試的分數與其他用作測量相似能力或者相關能力的測量數據之間的相關程度。以本研究來說，小學普通話水平考試評核的是香港地區小學生普通話能力，而學生的普通話能力是學生中文能力的一個部分，即傳統中文聽說讀寫中說的部分。如果我們的測試有效地測試了學生的普通話能力，那麼他們在測試中的成績應該與學生在學校的語文學習成績之間存在一定的相關。為此，本研究將統計學生測試成績與學校中文課程學習成績之間的相關，以及學生測試成績與國家語委"普通話水平測試"成績的相關作為本測試的聚合效度。

學生在校中文成績，指學生參加測試前最近一個學期的中文期末成績。

學生在校中文成績與普通話測試結果相關係數是 0.6，在 .01 水平上顯著相關。這個中等相關的程度是可以接受的。因為中文課程更多關注中文書面讀寫的能力，而這裏的測試更多關注的是口頭聽說能力，兩者應該有相關但不應該高相關，數據同樣也表明這一點。學生的測試成績與中文成績之間具有較高一致性，測試的聚合效度可以接受。

此外，研究小組還隨機選擇 60 名參加測試的小學生，特別施測國家語委"普通話水平測試"的說話測試。考慮到小學生的識字量和閱讀能力與成年人有差異，沒有採用朗讀字詞和朗讀短文測試。實際測試邀請了兩名國家級普通話測試員，根據國家語言文字工作委員會的普通話水平測試標準進行評分，得出國家語委普通話水平測試成績。為了防止效標污染，專家的評定和學生的測試獨立進行。

專家評定結果與測試結果的相關是 0.58，它們均在 .01 水平上顯著相關，學生的測試成績與專家評定之間具有一致性。

本研究考察小學普通話水平考試成績與國家語委普通話水平測試成績之間的相關，將其作為構念相似的聚合效度取證，得到一種中等相關的結果，並未出現高相關。但是這並不難理解，因為測試中為了避免朗讀中生字詞和短文理解對學生的影響，我們僅選用了說話部分。正如前文所提到，研究結果表明了說話部分的信度最低，所以這種相關程度是能夠接受的。

2. 結構效度

各分測試與測試總分相關超過各分測試間的相關是結構效度的一種表現方法（美國教育研究協會、美國心理學協會、全美教育測量學會，2003）。測試總分與分測試得分的相關，以及分測試相互之間的相關，參見表 5-6。

表 5-6　分測試之間及其與總分之間的相關矩陣

	聆聽	判斷	朗讀	說話	全卷總分
聆聽	1.00				
判斷	0.35	1.00			
朗讀	0.56	0.82	1.00		
說話	0.52	0.70	0.82	1.00	
全卷總分	0.62	0.91	0.95	0.88	1.00

結果表明，各分測試（各部分總分）之間相關在 0.35 到 0.82 之間，總體上低於測試總分和各分測試（各部分總分）的相關（0.62-0.95）。從整體上說明各個分測試之間既有聯繫又有區別，具有相對獨立性，測試具有一定的結構效度。但是在這裏我們也看到了分

測試之間較高的相關係數，朗讀與判斷、說話的相關性達到了 0.82 的高相關，這可能意味着朗讀測試與判斷部分和說話部分的測試具有較高的重疊內容或者相似的認知過程，在測試發展過程中要進一步加以考察及改進。

　　上述對測試的測量學分析僅限於經典測量理論，未能採用現代測量理論的項目反應理論、概化理論和結構方程建模等方法分析測試，這不能不說是一個遺憾！隨着考生樣本的增多，我們將進一步採用現代測量理論的技術對測試展開更為深入的分析，並且建立測試的常模系統。

第三節　結論

在參考關於普通話水平測試的研究文獻和深入分析香港地區普通話教學之後，經過理論建構、測試編製、預測和正式測試等環節，最終完成了小學普通話水平考試的測試編製工作。通過對實際測試數據的分析，得出以下結論：

1. 所有題目平均難度 0.71，分測試平均難度在 0.67 – 0.83 之間；測試絕大多數題目的區分度在 0.3 以上，分測試平均區分度 0.30 以上，測試題目的難度與區分度符合測量學的要求，題目難度適中，能用於鑒別學生的能力水平，達到了常模參照測試和標準參照測試的題目要求。

2. 內部一致性 α 係數達到 0.94，整個測試的分半相關係數經斯皮爾曼 – 布朗公式矯正結果是 0.95。各個分測試的內部一致性在 0.74 – 0.85 之間，分半信度在 0.81 – 0.92 之間。評分者信度在 0.74 – 0.81 之間。根據利文斯頓公式進行矯正的標準參照測試的信度高於 0.94。本測試無論作為常模參照測試還是作為標準參照測試，都具有較高的信度，測試精度可以完全接受，測試是穩定、可靠的。

3. 測試具有良好的內容效度。以授課教師對測試學生普通話水平評定作為效標計算的效標關聯效度是 0.67。以校內中文成績為相關測試計算聚合效度為 0.6，以國家語委普通話水平測試成績相似測試計算聚合效度是 0.58。分測試（各部分總分）之間相關在 0.35 到 0.82 之間，低於測試總分和各分測試（各部分總分）的相關（0.62 – 0.95）。各個分測試之間既有聯繫又有區別，具有相對獨立性，測試具有一定的結構效度。

總體而言，已有數據分析初步證實，小學普通話水平考試具有較好的測量特性。能比較好地覆蓋課程內容，難度恰當，區分度較好，信度、效度較高，符合測量學的要求；基本上達到了預期的目標，能夠真實有效地反映應考學生的普通話水平；可為教師和學生的普通話教學提供有效的反饋信息，具有一定的工具性價值。

參考文獻

1. 宋欣橋（2008）。"普通話水平測試在香港的基本屬性及未來發展"。《語言文字應用》。第 1 期，第 98-103 頁。

2. 劉照雄執筆（2004）。"總論"。載國家語言文字工作委員會普通話培訓測試中心編《普通話水平測試實施綱要》。第 1-9 頁。北京：北京商務印書館。

3. 香港課程發展議會（1997）。《小學課程綱要：普通話科（小一至小六）》。第 3-5 頁。香港：香港教育署。

4. 香港理工大學（2008）。《普通話水平考試大綱》。香港：香港理工大學中文及雙語學系。

5. 國家語言文字工作委員會普通話培訓測試中心（2004）。"附錄一：普通話水平測試等級標準（試行）"。載國家語言文字工作委員會普通話培訓測試中心編《普通話水平測試實施綱要》。第 457 頁。北京：北京商務印書館。

6. 安妮・安娜斯塔西、蘇珊娜・厄比納著，繆小春、竺培梁譯（2001）。《心理測驗》。第 105、111-112 頁。杭州：浙江教育出版社。

7. 劉照雄（2004）。"普通話水平測試的構想與實施"。載宋欣橋編著《普通話水平測試員實用手冊》。第 14 頁。北京：北京商務印書館。

8. 遲永長（1998）。"普通話測試標準量化研究"。《教育科學》。第 4 期，第 33-34 頁。

9. 謝育民、周湧、龍莉（2005）。"普通話水平測試員信度的鑒別"。《數理統計與管理》。第 2 期，第 1-6 頁。

10. 李靜（2005）。"關於提高普通話水平測試信度與效度的思考"。《玉溪師範學院學報》。第 10 期，第 69-71 頁。

11. 陳忠（2006）。"影響普通話水平測試信度的主觀因素與客觀因素探析"。《重慶工學院學報》。第 7 期，第 200-202 頁。

12. 楊灼（2006）。"漢語普通話水平測試評分的信度和效度"。《雲南師範大學學報（對外漢語教學與研究版）》。第 2 期，第 39-40 頁。

13. 徐泉、陳佑林（2007）。"關於影響普通話水平測試信度和效度因素的分析及對策"。載中國應用語言學會編《第四屆全國語言文字應用學術研討會論文集》。第 133-143 頁。成都：四川大學出版社。

14. 陸惠雲（2008）。"從語言測試的諸要素看普通話水平測試的真實性和有效性"。《昆明師範高等專科學校學報》。第 1 期，第 61-63 頁。

15. 章天從（2008）。"教育測量學角度談普通話水平測試中存在的問題"。《語文學刊》。第 4 期，第 137-138 頁。

16. 周秋蓮、鄧華（2008）。"測試員評分對普通話水平測試信度和效度的影響"。《黃石理工學院學報》。第 3 期，第 83-86 頁。

17. 楊志明、張雷（2002）。"用多元概化理論對普通話測試的研究"。《心理學報》。第 1 期，第 50-55 頁。

18. 張敏強（2002）。《教育測量學》。第 91-96 頁。北京：人民教育出版社。

19. 張厚粲、劉昕（1992）。《考試改革與標準參照測驗》。第 69-70 頁。瀋陽：遼寧教育出版社。

20. 吉尔伯特・薩克斯著，王昌海譯（2002）。《教育和心理的測量與評價原理》。第 289-291 頁。南京：江蘇教育出版社。

21. 美國教育研究協會、美國心理學協會、全美教育測量學會主編，燕娓琴、謝小慶譯（2003）。《教育與心理測試標準》。第 8-19 頁。瀋陽：瀋陽出版社。

第六章

考試結構的驗證性因素初步分析

第一節 研究問題與方法

一、問題的提出

語文測試的核心是對應試者的語文能力作出考察（祝新華，2004）。由於不同研究者對普通話能力的理解有不同的看法，普通話水平測試的結構不盡相同。早期關於普通話能力的觀點是"教學普通話，就是要訓練學生在說、聽、寫、讀各方面的能力。說就是發音和拼讀的訓練；聽就是聽音和辨音的訓練；寫就是注音和記音的訓練；讀就是朗讀和講話的訓練"（張拱貴，1956）。在結構主義的背景下，有學者將普通話能力歸納為理解能力和表達能力（石定栩，1999）；也有的分為幾個不同的範疇：聆聽能力，說話能力，詞彙、語法運用能力，漢語拼音和語音知識等（施仲謀，2001）。參考了語言學家海姆斯提出交際能力的語言觀（Hymes，1972），有研究者將交際能力引入普通話測試中，如將普通話能力分為掌握普通話語音的能力、掌握普通話詞句結構的能力、用普通話進行交際的能力（陳建民，1988；繆錦安，1988）。

劉照雄（2004）明確指出普通話水平測試測查應試人的普通話規範程度、熟練程度，認定其普通話水平等級。普通話水平測試是"通過應試人測試時水平的評定，判斷其實際掌握和運用普通話的能力"（姚喜雙，2004）。有研究者進一步指出普通話水平測試"所要測試的語言能力主要是指從方言轉到標準語的口語能力，即應試人按照普通話音、語彙、語法規範規範說話的能力，而不是指通常所說的包括聽說讀寫全部內容的語文能力"（仲哲明，1997）。

持有不同的普通話能力的理論觀點，就會設計出不同的普通話測試結構。目前香港最具有代表性的普通話水平測試有以下三種：

一是香港考試及評核局從 1988 年開始的普通話水平測試 (教育署課程發展處中文組編，1997)；二是從 1996 年在香港 10 所大學實施國家語言文字工作委員會開發的"普通話水平測試 (PSC)"；三是普通話水平考試 (Putonghua Shuiping Kaoshi，以下簡稱 PSK)，由香港理工大學中文及雙語學系研展。PSK 專門為評核香港地區人士的普通話水平而設，通過了國家語言文字工作委員會語言文字規範 (標準) 審定委員會的審定。

香港考試及評核局的"普通話水平測試"分為口試、聽力和譯寫三項獨立測試。口試包括"朗讀 (含詞語和對話)"、"短講"和"情景對話"三個部分；聽力包括"語音辨析"、"詞義理解"、"語法判斷"和"理解判斷"四個部分；譯寫包括"語音判斷"、"看拼音 (或注音符號) 寫漢字"和"看漢字寫拼音 (或注音符號)" (香港考試及評核局，2006)。

國家語委的"普通話水平測試 (PSC)"全部為口試，考察五個方面，滿分為 100 分："讀單音節字詞" (100 個音節，不含輕聲、兒化音節，限時 3.5 分鐘，共 10 分)、"讀多音節詞語" (100 個音節，限時 2.5 分鐘，共 20 分)、"選擇判斷" (包括 10 組詞語判斷、10 組量詞和名詞搭配、5 組語序或表達形式判斷，限時 3 分鐘，共 10 分)、"朗讀短文" (1 篇，400 個音節，限時 4 分鐘，共 30 分)、"命題説話" (限時 3 分鐘，共 30 分)，其中"判斷測試"包括"詞彙判斷"、"量詞搭配"和"規範語序或表達" (劉照雄，2004)。

香港理工大學的"普通話水平考試 (PSK)"分為筆試和口試兩種，筆試包括聽力、判斷，口試則有朗讀與説話試題。其中判斷包括"語法判斷"、"名量搭配"、"詞語判斷"、"同音字判斷"和"漢語拼音判斷" (該項不計入總分)；朗讀包括"讀單音節字詞"、"讀雙音節詞語"、"朗讀短文"；説話包括"回答問題"和"自由表達" (香港理工大學，2008)。

上述這些具代表性的普通話測試的結構具有一些相同的特性，

如：(1) 全部都考察說話，而且所佔比重相對較高；(2) 包含對普通話規範語音、詞彙和語法的考察。這些測試在結構上也有明顯的差異：a. 相對於兩個香港本地開發的測試，國家語委的普通話水平測試最大的不同是沒有聽力和漢語拼音測試，而在測試形式上則沒有書面測試；b. 香港考試及評核局的普通話水平測試與香港理工大學普通話水平考試的最大差別是對相同考察對象的劃分和處理方式不同，前者將朗讀和說話合併為口試，聽力測試包含了普通話規範和聽理解，將漢語拼音 (或注音符號) 獨立測試，後者則是將聽力、普通話規範、朗讀和說話分為四個部分，雖然測試了漢語拼音但不計入普通話考試的總成績。

這些測試結構是不斷吸取語言學研究成果、測試經驗，深入分析考生普通話具體表現的基礎上建立起來的，具有重要的參考價值。同時，對測試結構認識的不斷深化，有利於對普通話能力的理解和把握，進一步推動普通話測試的發展。然而，遺憾的是這些普通話測試結構一直缺乏量化的實證研究的支持，更多的是經驗總結和理論思辨的產物。

為了滿足香港教育界日益增加的測試要求，我們研發了小學普通話水平考試。在編製測試時，我們結合上述普通話能力、普通測試項目的分析結果，並參考了現行的小學普通話課程文件。雖然測試在測量指標上達到了基本要求，但是測試結構的合理性只是一種質性認識、經驗總結，或稱理論構想。在此基礎之上，需要找到更為有力的實證支持。因此，本研究通過量化研究，將實際收集的測試數據與理論構想通過數學模型進行擬合，從而獲得對理論構想較為嚴格的數據檢驗。

結構方程模型 (Structural Equation Modeling，SEM) 是解決該問題的最佳統計方法。該模型是由瑞士籍統計學家 Karl Jöreskog 在上個世紀 70 年代提出的相關概念 (Jöreskog，1973)。三十年後，它已經成為了一門發展成熟且高度受到重視的社會與行為科學領域的統計技術，一些重要的社會、教育、心理期刊都先後對其進行了介紹 (Jöreskog & Sorbom，1982；Connell & Tanaka，1987；Hau，1994)。結構方程模型應用較為廣泛的技術是驗證性因素分析 (Confirmatory Factor Analysis，CFA)，這項技術可以反映觀察變量與潛在變量之間的關係，即可從一組獨立的觀察變量或者是測試的題目之間，通過數學模型與研究者的判斷，從而提出一個在理論上適宜，並且實際數量關係合理的結構，而這個結構可以代表通過觀察或測量所力圖揭示的一個潛在的屬性或者概念的具體內容。

　　本研究運用驗證性因素分析 (CFA) 的方法分析小學普通話水平考試的實際數據，評判編製測試中理論假設的普通話能力測試結構與實際測試的樣本資料之間符合的程度。由於本研究僅關注理論建構的普通話能力測試結構的合理性，根據驗證性因素分析的基本要求，本研究中將學生分測試的總分作為觀察變量，把整個測試所測查的學生普通話能力作為潛在變量，通過 CFA 確認何種測試結構與實際測試的數據符合，從而對我們提出的普通話能力測試結構進行驗證。

　　一個測試最核心的就是測試的框架和結構，測試的框架和結構反映了研究者對測試對象的一種理解和洞察。甚至有人提出："所有的分數都被視為對構念 (construct) 的測量"(美國教育研究協會、美國心理學協會、全美教育測量學會，2003)。同樣，普通話水平測試作為一項漢語使用水平的測試，其結構對於深入理解普通話、普通話水平測試和普通話教學的重要性不言而喻。然而，在普通話水平測試的研究中，長期以來研究者從理論、經驗的角度對普通話水平測試的結構進行描述和刻畫，都比較少通過實證的方式探討這個問題。

二、研究方法

(一) 考試結構

　　根據《小學課程綱要：普通話科 (小一至小六)》(香港課程發展議會，1997) 提出小學生普通話學習分為聆聽、說話、閱讀和譯寫四個範疇,學習總目標"以培養學生聽、説普通話的能力為主,培養朗讀能力、譯寫能力及增進與本科有關的語言文化知識為輔",參考 PSC 及 PSK 等原有普通話水平測試的內容,小學普通話水平考試更重視考核普通話交際能力,考察普通話聆聽、普通話規範判斷、普通話朗讀和普通話説話能力。我們將這四個考查方面看作為四個分測試,分測試一"聆聽理解"包括"聽辨詞語"和"聆聽對話和語段"2 個子測試;分測試二"書面判斷"包括"看拼音選漢字"、"看漢字選拼音"、"選擇同音字"和"選擇符合普通話規範的句子"4 個子測試;分測試三"朗讀"包括"朗讀字詞"、"朗讀短文";分測試四"説話"包括"先聆聽後説話"、"根據要求説話"、"根據問題説話",共計 11 個子測試,聆聽與判斷組成筆試,朗讀與説話組成口試。本研究中將以這 11 個子測試為觀察變量來討論普通話水平測試的理論框架。這 11 個子測試的信度估計如表 6-1 所示,前 6 個測試為客觀性測試計算了內部一致性,後 5 個測試為主觀評分,計算了評分者一致性。

表 6-1　11 個子測試的信度估計

分測試	內部一致性 α 係數
1. 聽辨詞語	0.76
2. 聆聽對話和語段	0.65
3. 看拼音選漢字	0.70
4. 看漢字選拼音	0.70
5. 選擇同音字	0.70
6. 選擇符合普通話規範的句子	0.63
	評分者一致性
7. 朗讀字詞	0.78
8. 朗讀短文	0.84
9. 先聆聽後説話	0.74

分測試	內部一致性 α 係數
10. 根據要求說話	0.72
11. 根據問題說話	0.76

(二) 分析數據與理論構想

本項分析數據採用先導性測試的評分結果,該次測試由三所學校的 102 名小六學生參加,評分由具有豐富教學經驗的普通話資深老師完成。具體安排參見本書第二章第三節,而試卷的質量檢驗參考第五章。

根據上述測試設計,小學普通話水平考試在理論上可能存在以下幾種模型結構:

第一個理論模型,一階單因素 (R1) 的結構模型,即 11 個子測試作為觀察變量測試了一個整體的潛在普通話能力。

其次,一階二因素 (R2) 的結構模型,即前 6 個子測試作為觀察變量測試了一個潛在的書面回答的普通話能力,後 5 個子測試作為觀察變量測試了一個潛在的口頭表達的普通話能力,這兩個潛在的能力可能不相關也可能相關。

然後,一階四因素 (R3) 的結構模型,即子測試 1、2 作為觀察變量測試了一個潛在的普通話聆聽能力;子測試 3、4、5、6 作為觀察變量測試了一個潛在的書面判斷的普通話能力;子測試 7 和子測試 8 作為觀察變量測試了一個潛在的普通話朗讀能力;子測試 9、子測試 10、子測試 11 作為觀察變量測試了一個潛在的普通話說話能力。這四個潛在的能力之間存在相關,這是測試編製最初的理論構想。

最後一個理論模型是二階四因素 (R4) 的結構模型,模型構成基本同上一個模型,但是在一階潛變量的基礎上又增加了更高一階的因素,即聆聽、書面判斷、朗讀和說話進一步構成一個整體的潛在普通話能力。

第二節 結果與分析

一、模型的識別性

首先考察模型的識別性,我們所要研究的模型是一種從觀察變數反映潛在變數的一種遞迴模型,因此唯一考慮的因素是 t 規則。一階單因素模型中變異數矩陣要素是 $1/2 (11)(11 + 1) = 66$,而要估計的參數是 22 個,$t < 66$,模式可以識別。同理,一階二因素 (R2) 的結構模型中要估計的參數是 21 個,一階四因素 (R3) 要估計的參數是 24 個,二階四因素 (R4) 要估計的參數是 21 個。具體考察了每個模型中因素的指標數及相應的處理,可以認為所有的假設模型全部都是能夠識別的。

二、資料分佈狀況檢驗

為了確定樣本資料擬合的方法,首先將所有原始資料標準化,然後考察了資料的多元正態分佈狀況。測試的基本分佈狀況如表 6-2 所示。

表 6-2 模型觀察變量的基本統計結果

分測試	平均數	標準差	偏度	峰度
1. 聽辨詞語	8.82	1.77	-1.94	3.38
2. 聆聽話語	3.61	1.32	-1.24	0.94
3. 看拼音選漢字	5.57	2.07	-0.48	-0.91
4. 看漢字選拼音	4.87	2.17	-0.11	-1.11
5. 選擇同音字	4.49	2.18	-0.14	-0.82
6. 選擇規範句子	6.48	1.63	-1.42	2.32
7. 朗讀字詞	11.06	2.50	-0.39	-0.15

分測試	平均數	標準差	偏度	峰度
8. 朗讀短文	8.44	2.24	0.52	-0.44
9. 先聽後說	5.91	1.19	0.29	-0.26
10. 按題說話	6.30	1.04	0.25	0.17
11. 回答問題	6.11	1.18	0.17	0.38

　　數據的多元正態分佈檢驗見表 6-3。該表顯示，11 個變量所形成的多變量分佈在偏度上是正偏態，峰度上是高狹峰，是非多元正態分佈。考察它們的峰度絕對值遠遠小於 25，因此，

表 6-3　模型觀察變量數據多元正態分佈檢驗

偏度 (Skewness)		峰值 (Kurtosis)		偏度和峰值 (Skewness and Kurtosis)	
值 (P-Value)	P 值	值 (Value)	P 值 (P-Value)	卡方 Chi-Square	P 值 (Value) P-Value
5.425	0.000	2.498	0.013	35.674	0.000

擬採用較為穩健且分佈不會對估計產生較大影響的極大似然估計 (Maximum Likelihood，ML) 檢驗測試結構的理論模型與資料的擬合程度 (黃芳銘，2002)。

三、模型擬合結果與模型選擇

　　採用 Amos4.0 進行統計分析，擬合模型。依照 Hair 等人 (1998) 的建議，檢驗模式估計時，首先需要檢定是否產生以下所謂違規 (offending) 的現象：1. 有無負的誤差變異數存在；2. 標準化係數是否超過了或者太接近 1；3. 是否有太大的標準誤 (Hair, Anderson，Tatham & Black，1998)。侯傑泰、溫忠麟、成子娟 (2004) 則指出對於不恰當的參數估計值中，包括一種臨界 (boundary) 值，可能只是反映取樣的波動而已，需要小心考慮這些估計值是否合

理，對於非臨界不恰當解和難下定論的不恰當解可以通過刪除或者模型修改解決問題。因此，模式估計的第一步應該是對參數的估計值進行檢驗，經過對參數、標準誤差的檢查，排除臨界值後，發現不恰當的參數估計。這些結構的擬合指數仍會出現在下文中，進一步和其他結構一起來比較所有模型的擬合優度。

驗證性因素分析，常用的指數通常包括相對擬合指數 CFI 及非正態擬合指數 NNFI (TLI) 以及近似誤差均方根 RMSEA，其中，CFI 和 NNFI (TLI) 值在 0.90 以上表示模型擬合較好，此外，RMSEA 值小於 0.08 表明模型擬合得較好。好的模式應該用簡單模式去表達資料的複雜關係，模式越簡單，越不作懲罰，而模式越複雜，則省儉指數越低。如 PNFI、PCFI、PGFI。基於上述考慮，本研究選擇了 $\chi^{2/DF}$、CFI、TLI、PNFI 以及 RMSEA 幾個指數來對模型的適合度進行檢驗。

（一）一階九因素模型的擬合

一階九因素模型的擬合結果如圖 6-1 所示，具體擬合指數見表 6-4。

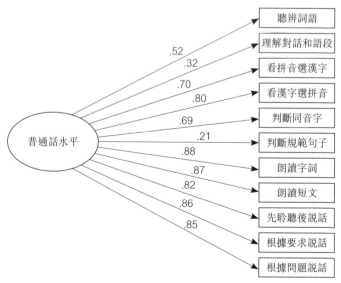

圖 6-1　一階九因素模型擬合圖

從圖 6-1 九個因素對普通話水平的擬合結果來看，第二個因素理解對話和語段，以及第六個因素判斷符合普通話規範句子，這兩個因素的負荷較低。這裏可能存在兩個原因，一是這兩個因素對普通話水平的影響並不大，二是獲得這兩個因素的量化工具質量不高。這個問題有待進一步分析。

表 6-4 一階九因素模型主要擬合指數

模型 （Model）	最小樣本差異 （CMIN）	自由度 （DF）	P 值 （P）	相對卡方 （CMIN/DF）	非規範擬合指數 （TLI）	比較擬合指數 （CFI）	省儉規範擬合指數 （PNFI）	近似誤差均方根 （RMSEA）
內定模型	119.778	44	0.00	2.722	0.868	0.895	0.676	0.131
飽和模型	0.868	0				1.000	0.000	
獨立模型	774.576	55	0.00	14.083	0.000	0.000	0.000	0.36

從表 6-4 中的擬合指數看，x^2 與自由度的比值大於 2，P 值達到了顯著水平，表示模式被拒絕。由於卡方值受樣本量的影響較大，一般而言測試樣本數較大時，P 值拒絕任何模型，因此在 CFA 分析中考察其他的擬合指數更為重要。CFI 值是 0.895；TLI 值是 0.868；RMSEA 的取值是 0.131，PNFI 值是 0.676，結果表明，這種理論模型與樣本數據的擬合較差，模型可接受程度不高。

（二）一階兩因素模型的擬合

一階兩因素模型的擬合結果如圖 6-2 所示，具體擬合指數見表 6-5。

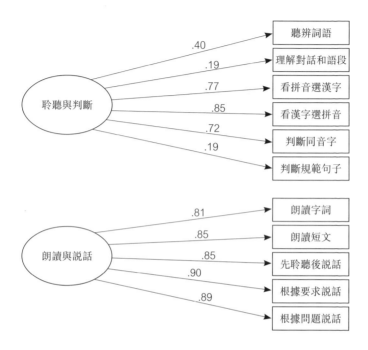

圖 6-2 一階兩因素模型擬合圖

　　從表 6-5 中的擬合指數看，x^2 與自由度的比值是 5.32 大於 2，P 值達到了顯著水平，CFI 值是 0.736；TLI 值是 0.67；RMSEA 的取值是 0.207，PNFI 值是 0.558，結果表明，這種理論模型與樣本數據的擬合較差，模型不可接受。

表 6-5 一階兩因素模型主要擬合指數

模型 （Model）	最小樣本差異 （CMIN）	自由度 （DF）	P 值 （P）	相對卡方 （CMIN/DF）	非規範擬合指數 （TLI）	比較擬合指數 （CFI）	省儉規範擬合指數 （PNFI）	近似誤差均方根 （RMSEA）
內定模型	234.068	44	0.00	5.32	0.67	0.736	0.558	0.207
飽和模型	0.000	0				1.000	0.000	
獨立模型	774.576	55	0.00	14.083	0.000	0.000	0.000	0.36

　　從圖 6-2 可以觀察到第二個因素理解對話和語段、第六個因素判斷符合普通話規範句子的負荷較低。一階兩因素的結構與考試的具體設計是一致的，第一個因素是卷一部分，第二個因素是卷二部分。由於這個模型假定卷一和卷二合起來就形成了整個的普通話水平結構，可以看出這種設想在這裏沒有發現證據。由於卷一和卷二從內容上都屬於普通話測試的主要部分，理論上應該考慮到這兩個因素之間存在相關。因此增加兩個因素之間的相關約束條件，對模型進行修整，結果如圖 6-3，具體擬合指數見表 6-6。

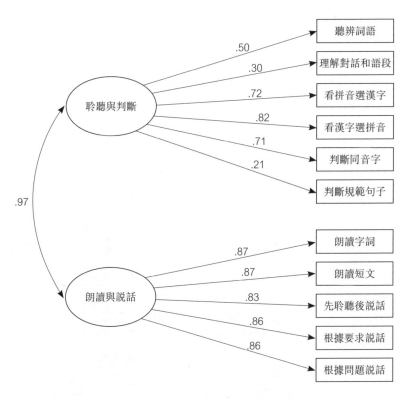

圖 6-3　一階兩因素相關模型擬合圖

表 6-6　一階兩因素相關模型主要擬合指數

模型 （Model）	最小樣本差異 （CMIN）	自由度 （DF）	P 值 （P）	相對卡方 （CMIN/DF）	非規範擬合指數 （TLI）	比較擬合指數 （CFI）	省儉規範擬合指數 （PNFI）	近似誤差均方根 （RMSEA）
內定模型	118.683	43	0.00	2.76	0.865	0.895	0.662	0.132
飽和模型	0.000	0				1.000	0.000	
獨立模型	774.576	55	0.00	14.083	0.000	0.000	0.000	0.36

　　從表 6-6 中的擬合指數看，修正後的模型比原有模型擬合指數有了極大幅度的提升，CFI 值從原來的 0.736 提高到 0.895；TLI 值是 0.865；RMSEA 的取值是 0.132，PNFI 值是 0.662，並且圖 6-3 中可以看出理解對話與語段的負荷上升到 0.3。但是這個模型可接受程度仍然不高。

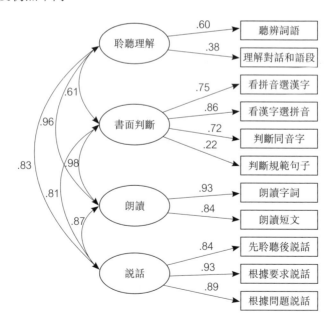

圖 6-4　一階四因素模型擬合圖

(三) 一階四因素模型的擬合

一階四因素模型的擬合結果如圖 6-4 所示，具體擬合指數見表 6-7。

表 6-7　一階四因素模型主要擬合指數

模型 （Model）	最小樣本差異 (CMIN)	自由度 (DF)	P 值 (P)	相對卡方 (CMIN/DF)	非規範擬合指數 (TLI)	比較擬合指數 (CFI)	省儉規範擬合指數 (PNFI)	近似誤差均方根 (RMSEA)
內定模型	52.161	38	0.06	1.373	0.972	0.980	0.644	0.061
飽和模型	0	0				1.000	0.000	
獨立模型	774.576	55	0.00	14.083	0.000	0.000	0.000	0.36

從表 6-7 中的擬合指數看，x^2 與自由度的比值小於 2，P 值未達到了顯著水平，表示模式可以接受。其他的擬合指數，CFI 值是 0.98；TLI 值是 0.972；這兩個重要指標都大於 0.9；RMSEA 值是 0.061，小於 0.08，PNFI 值是 0.644，結果表明，這種理論模型與樣本數據的擬合較好，模型可以接受。

從圖 6-4 中可以觀察到第二個因素理解對話和語段對聆聽理解的負荷變得可以接受，但是第六個因素判斷符合普通話規範句子對判斷的負荷還是較低，只有 0.22。如果要接受這個模型需要對該部分的測試內容進行修正，補充一些更高質量的題目，提高該部分測試的信度。

(四) 二階四因素模型的擬合

二階四因素模型的擬合結果如圖 6-5 所示，具體擬合指數見表 6-8。

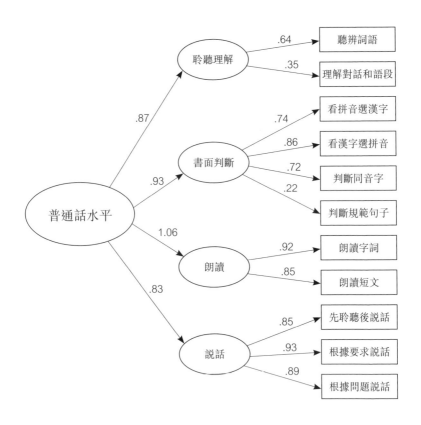

圖 6-5 二階四因素模型擬合圖

表 6-8 二階四因素模型主要擬合指數

模型 （Model）	最小樣本差異 （CMIN）	自由度 （DF）	P 值 （P）	相對卡方 （CMIN/DF）	非規範擬合指數 （TLI）	比較擬合指數 （CFI）	省儉規範擬合指數 （PNFI）	近似誤差均方根 （RMSEA）
內定模型	66.813	40	0.01	1.67	0.949	0.963	0.665	0.081
飽和模型	0.000	0				1.000	0.000	
獨立模型	774.576	55	0.00	14.083	0.000	0.000	0.000	0.36

　　從表 6-8 中的擬合指數看，x^2 與自由度的比值小於 2，P 值未達到了顯著水平，表示模式可以接受。其他的擬合指數，CFI 值是 0.963；TLI 值是 0.949；這兩個重要指標都大於 0.9；RMSEA 值是 0.081，接近 0.08，PNFI 值是 0.665，結果表明，這種理論模型與樣本數據的擬合較好，模型可以接受。

　　一階四因素模型和二階四因素模型，一階的四個因素完全相同，差異僅是一個模型增加了一個高階因素。一般來說一階與二階因數模型擬合指數相差不大，難區分哪一個較好。這兩個模型的 CFI、TLI、RMSEA 和 PNFI 差異微小，無法區別兩個模型 (侯傑泰、溫忠麟、成子娟，2004)。

　　一般來說，如果用一個二階因素去表達一階各因數間的關係，卡方必然較大，自由度也增加，只要二階因素模型與一階因素模型相比增加的卡方 $\Delta \chi^2$ 不到顯著水平，就可認為這個二階因素足以反映各個一階因數的關係。從模型的簡潔性考慮，可以選擇二階模型。比較了兩個模型的卡方增加量，結果如表 6-9。

表 6-9　兩模型卡方增加比較

二階四因素模型		一階四因素模型		增加卡方	自由度	
x_1^2	df_1	x_2^2	df_2	Δx^2	Δdf	P
66.813	40	52.161	38	14.652	2	< 0.005

　　從表 6-9 中可以看出二階因素模型增加的卡方極為顯著 p < 0.005，可以考慮選擇一階四因素模型。此外，在圖 6-5 中我們可以看到普通話水平與朗讀之間是一個不恰當的參數估計值。因此我們可以接受一階四因素的模型。

（五）一階四因素模型的修正

　　對於一階四因素模型而言，這裏還存在一個問題：第 6 部分選擇符合普通話規範句子的負荷一直較低，低於 0.30。這個問題也是模型擬合時一開始就存在的，因此，有必要對該模型進行一定的修正。剔除了第 6 部分後，第一階四因素模型修正後的擬合結果如圖 6-6 所示，具體擬合指數見表 6-10。

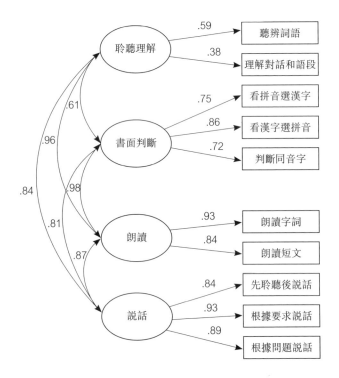

圖 6-6　一階四因素修正模型擬合圖

　　從表 6-10 中的擬合指數看，x^2 與自由度的比值小於 2，P 值未達到顯著水平，表示模式可以接受。其他的擬合指數，CFI 值是 0.978；TLI 值是 0.965；這兩個重要指標都大於 0.9；RMSEA 值是 0.074，小於 0.08，PNFI 值是 0.606，同時每個因素負荷較高。結果表明，該理論模型與樣本數據的擬合較好，模型可以接受。但與原模型相比，從擬合指數上看並未有顯著的變化。

表 6-10　一階四因素修正模型主要擬合指數

模型 (Model)	最小樣本差異 (CMIN)	自由度 (DF)	P 值 (P)	相對卡方 (CMIN/DF)	非規範擬合指數 (TLI)	比較擬合指數 (CFI)	省儉規範擬合指數 (PNFI)	近似誤差均方根 (RMSEA)
內定模型	45.067	29	0.03	1.554	0.965	0.978	0.606	0.074
飽和模型	0.000	0				1.000	0.000	
獨立模型	774.576	55	0.00	14.083	0.000	0.000	0.000	0.36

　　"選擇符合普通話規範句子"和"聆聽話語"這兩個變量負荷較低的一個重要的原因是，它們的穩定性較差。這從合成這兩個變量的測試的內部一致性就可以看到，"聆聽話語"和語段的內部一致性 α 係數 0.65，選擇符合普通話規範句子的內部一致性 α 係數 0.63。因而需要在以後的進一步研究中通過增加相應測試的題目數量（"聆聽話語"僅有 5 題），提高題目質量，從而進一步改善測試的質量，提高結構分析的準確性和有效性。

　　本研究中採用現代統計理論的結構方程建模的方式，討論了小學生普通話水平考試的框架和結構。

　　研究通過不同模型的獨立擬合和相互比較，以及模型的進一步修正，最終採用圖 6-6 表示了一個理論構想和實際數據擬合良好的普通話水平測試框架。考試的結構模型是一階四因素，即"聽辨詞語"、"聆聽話語"測試了潛在的聆聽理解；"看拼音選漢字"、"看漢字選拼音"和"判斷同音字"測試了書面判斷；"朗讀字詞"和"朗讀短文"測試朗讀；"先聆聽後説話"、"根據要求説話"和"根據問題説話"測試了説話，聆聽理解、書面判斷、朗讀和説話這四個潛在的因素之間兩兩相關共同構建了普通話考試。在此需作一點説明的是，圖 6-6 是用來表示本研究最後接受的理論模型，並不代表普通話水平的最終結構框架。

　　實際測試得到的資料與理論建構的"一階四因素"修正模型擬

合最佳，說明實際測試中獲得的資料不排斥我們的理論模型。從上面的分析過程來看，嚴格地講，並沒有充分的理由否定原有的一階四因素模型，實際上這個模型的擬合程度也是比較好的，可以接受。當然，實際測試的樣本資料對理論模型的擬合並不是說這就證明了普通話水平結構確實如此。但是，結構方程的分析幫助我們辨別了與資料相斥的普通話水平結構的理論模型，便於我們進一步對考試修正。同時，擬合程度的判別為我們提供了未被否定的、可以接受的普通話水平結構模型，這一模型簡單地說就是普通話水準測試可以劃分為聆聽理解、判斷、朗讀和說話四個部分。

綜上所述，採用 SEM 的統計技術，通過 CFA 的方法評判了本研究提出的普通話考試結構與實際測試數據之間符合程度。資料表明，實際測試的樣本資料對理論模型的擬合相當好，實際測試的資料符合提出的普通話考試的結構理論模型。雖然不能因此就說 CFA 的結果證明了我們的普通話水準結構模型是唯一正確的模型，但是我們有理由認為上述較為嚴格的資料支援我們的理論分析結果，說明我們所提出的普通話考試結構具有一定合理性。

第三節　主要結論

本研究運用結構方程建模的因素分析技術，對小學生普通話水平考試的實測數據進行了分析，通過模型建構、模型識別、模型擬合、模型比較和模型修正等步驟探討了香港小學生普通話能力的結構，主要結論如下：

1. 小學普通話水平考試測試分為聆聽、判斷、朗讀和說話四個方面，通過實際測試的資料分析證明，這是可以接受的，具有一定的合理性。

2. 考試中"聽辨詞語"、"聆聽話語"、"看漢字寫拼音"、"看拼音寫漢字"、"判斷同音字"、"判斷規範的句子"、"朗讀字詞"、"朗讀短文"、"先聽後說"、"按要求說話"和"回答問題"11 個子測試構成的一階四因素（即 11 個子測試分別歸入聆聽、判斷、朗讀和說話四個潛變量）的理論模型與實際測試數據擬合良好，可以接受。

3. 上述模型中刪除"判斷規範的句子"部分，模型擬合仍然較好，但擬合指數並沒有顯著的變化。

4. 一階四因素的原模型擬合中"聆聽話語"和"判斷規範的句子"這兩個子測試的因素負荷較低。

根據上述結果，今後在對測試進一步的修正中需要注意提高每個測試部分的測試質量，通過增加題目數量、提高題目質量等方式提高測試的信度，特別是測試中"聆聽話語"和"判斷規範的句子"兩個子測試。

參考文獻

1. Connell, J. P. & Tanaka, J. S.（1987）. Introduction to the Special Section on Structural Equation Modeling. *Child Development*, 58, PP. 2-3.

2. Hair, J. F., Anderson, R. E., Tatham, R. L. & Black, W. C.（1998）. Multivariate Data Analysis（5th ed）. PP. 706-724. UK: Prentice Hall International.

3. Hau, K. T.（1994）. Structural Equation Modeling: Why and How to Construct Latent Constructs. *Educational Research Journal*, 9（1）, PP. 87-92.

4. Hymes, D. H.（1972）. On Communicative Competence. In J. Pride and J. Holmes（Eds.）. Sociolinguistics. PP. 5-26. Penguin.（Excerpt from the paper published 1971, Philadelphia, University of Pennsylvania Press.）

5. Jöreskog, K. G.（1973）. A General Method for Estimating a Linear Structural Equation System. In A. S. Goldberger & O. D. Duncan.（Eds.）, *Structural Equation Models in Social Science*. PP. 85-112. New York: Academic.

6. Jöreskog, K. G., & Sorbom, D.（1982）. Recent Developments in Structural Equation Modeling. *Journal of marketing Research*, 19, PP. 404-416.

7. 石定栩（1999）。"普通話教學與方言"。《亞太語文教育學報》。第 2 期，第 125-134 頁。

8. 仲哲明（1997）。"普通話水平測試若干問題的討論"。《語言文字應用》。第 3 期，第 3-9 頁。

9. 侯傑泰、溫忠麟、成子娟（2004）。《結構方程模型及其應用》。第 161-163 頁，第 216-247 頁。北京：教育科學出版社。

10. 姚喜雙（2004）。"〈大綱〉修訂和〈綱要〉研製的思考"。《語言文字應用》。第 3 期，第 2-9 頁。

11. 施仲謀（2001）。"普通話測試內容初探"。載李學銘主編《語文測試的理論和實踐》。第 496-505 頁。香港：香港商務印書館。

12. 美國教育研究協會、美國心理學協會、全美教育測量學會主編，燕婉琴、謝小慶譯（2003）。《教育與心理測試標準》。第 8-19 頁。瀋陽：瀋陽出版社。

13. 香港考試及評核局（2006）。《普通話水平測試──測試綱要及能力等級說明》。第 1 頁。香港：香港考試及評核局。

14. 香港理工大學（2008）。《普通話水平考試大綱》。第 6-7 頁。香港：香港理工大學中文及雙語學系。

15. 香港課程發展議會（1997）。《小學課程綱要：普通話科（小一至小六）》。第 3-5 頁。香港：教育署。

16. 祝新華（2004）。"建構能力發展導向的語文評估模式"。《華文學刊》。第 3 期，第 52-70 頁。

17. 張拱貴（1956）。"怎樣教學北京語音"。《中國語文》。第 2 期，第 29-34 頁。

18. 教育署課程發展處中文組編（1997）。"附錄：香港普通話科課程及考試發展大事記（暫擬）"。載教育署課程發展處中文組編《集思廣益——邁向二十一世紀的普通話科課程》。第 1-3 頁。香港：香港教育署課程發展處。

19. 陳建民（1988）。"量的測試和交際能力的測試"。載香港普通話研習社、香港中國語文學會編《普通話測試論文集》。第 1-17 頁。香港：香港普通話研習社、香港中國語文學會。

20. 黃芳銘（2002）。《結構方程模式：理論與應用》。第 121-123 頁。台北：五南圖書出版股份有限公司。

21. 劉照雄執筆（2004）。"總論"。載國家語言文字工作委員會普通話培訓測試中心編《普通話水平測試實施綱要》。第 1-9 頁。北京：北京商務印書館。

22. 繆錦安（1988）。"有關普通話水平測試的一些問題"。載香港普通話研習社、香港中國語文學會編《普通話測試論文集》。第 121-135 頁。香港：香港普通話研習社、香港中國語文學會。

第七章

小學生普通話水平現狀初探
——來自小學普通話水平考試的數據

第一節　研究問題與方法

一、問題的提出

香港教育局從 1998 年起把普通話列為香港中小學課程的核心科目，到 1999 年，已經有 95% 的小學開設了正式普通話科目 (何國祥，1999)。但是，仍然有學者認為 "香港的普通話教育效果不理想，並沒有取得應有的成果" (周柏勝、劉藝，2004)，"香港學生的整體普通話水平，相對來說，在 '兩岸三地' 之中還是較低" (湯志祥，2006)。有研究表明，香港學生聆聽普通話的能力一般高於説話的能力，大部分學生能用詞語和簡單句子回答問題，一般來説能達成溝通的目的，但多數學生缺乏説普通話的信心 (韓海霞，2006)。

香港教育學院林漢成等人對學了三年普通話的小六學生進行了調查 (林漢成、唐秀玲等，1999)，全面地描述了當時香港小六學生的普通話朗讀能力 (包括詞語、句子和段落) 和説話能力 (包括簡單問答、依題説話、情境説話) (張壽洪，1999；林漢成、唐秀玲等，1999)。余永華 (2008) 從雙語教學的角度描述了特定教育環境下小學生的普通話水平，並與林漢成、張壽洪等人的研究結果進行了比較，討論了雙語教學下學生普通話水平的特點。這個調查為我們了解香港小學生普通話能力提供了豐富的信息，但是他們從朗讀與説話兩個方面定義了普通話能力，這與香港普通話教學的要求是不完全一致的。

根據香港課程發展議會所編訂的《小學課程綱要：普通話科 (小一至小六)》(1997) 提出小學生普通話學習分為聆聽、説話、閱讀和譯寫四個範疇，學習總目標 "以培養學生聽、説普通話的能力為主，培養朗讀能力、譯寫能力及增進與本科有關的語言文化知識為輔"(香港課程發展議會，1997)。但當中不同範疇的含義與一般中文科的不盡相同(盧興翹，2006)，聽説是指普通話口語的聽説能力，即香港學生會聽和會説日常普通話會話(香港課程發展議會，2004)；讀是使用普通話朗讀閱讀材料(小四至小六)(香港課程發展議會，1999)；寫指的是用拼音和漢字互相譯寫(田小琳，2003)，重點在於讓學生正確掌握和充分利用漢語拼音這個工具，認準音節，唸準字音(鄭崇楷，2000)。也有一些學者對香港小學生的普通話能力特點，和在普通話學習上易犯的偏誤做了總結(黃月圓、楊素英、李燕，2000；馮少碧，2005；李怡，2005；郭明慧，2008)。

有關香港小學生普通話能力特點的研究，以黃月圓、楊素英、李燕(2000)的相關研究較有代表性，該研究將香港小學生的普通話能力發展劃分為三個階段：接觸階段、入門階段以及普通話初步運用階段。

1. 在普通話"接觸階段"，小學生會經過一個沉默期(Silent Period)和短語、句子的整體記憶期。"沉默期"是用來克服信心不足、害羞等困難的，在短語、句子的"整體記憶期"，學生能夠掌握普通話的基本語音和語調。但在聲母的學習、前後鼻韻母的發音上存在困難，也往往容易省略介音 i 和 u。聲母易錯的地方有：(1) n 往往發成 l；(2) h 和 u、e 一起發音時容易發為 k；(3) j、q、x 發成 z、c、s；(4) zh、ch、sh 和 z、c、s 混淆。

2. 在普通話的"入門階段"，小學生的普通話聽力有明顯的提高，學習普通話的速度明顯加快。學生對普通話語音的主要部分已掌握並鞏固。聲調部分，除了 1+4、2+1、2+3 和 3+0 等少數雙聲組合朗讀時仍有錯誤外，其他聲調都掌握較好。

3. 在普通話的"初步運用階段"，學生的普通話能力有飛躍性的提高，對普通話的語音辨識能力有明顯提高，在聲調組合方面，除了 1+4 的組合聲調，其餘雙音節聲調基本掌握，1+4 聲調組合常常被讀為 4+4 聲調 (黃月圓、楊素英、李蒸，2000)。

從學習偏誤的角度來看，香港小學生在聲調、語音、詞彙和語法各個範疇都有自己的能力發展特點。

如在聲調範疇，香港小學生能駕馭普通話第一聲、第二聲及第四聲，但在第三聲方面卻有很大的改善空間 (馮少碧，2005)。此外，香港小學生普通話陰平調易誤讀成去聲調。上聲調類字整體呈多向性誤推 (誤讀成陰平、陽平和去聲)，是典型難點。除粵音聲調原概念干擾外，粵音無上聲降升調型是直接造成典型誤推的因素。香港小學生已經能在學習普通話時產生粵普對比音感和能夠應用粵普語音對應規律去學習普通話 (李怡，2005)。

在普通話語音範疇上的偏誤主要有：在發舌根清擦音，舌尖後塞擦音，舌面塞擦音，舌尖前塞擦音時出現很大的問題。再者，也常出現丟掉介音的現象，以及分不清 / a / 的音位變體 (馮少碧，2005；郭明慧，2008)。

有關香港小學生的普通話口語詞彙以及語法偏誤方面也有少量研究 (梁志明，2008；李淑嫻，2004)。如李淑嫻 (2004) 認為，香港小學生口語夾雜粵方言詞彙或轉換時受粵方言干擾的數量，都比書面語多。普通話口語表達能力越強者，對方言詞的敏感度及對譯方言詞的能力也相對比較高，其話語中夾雜粵方言詞彙的條目越少；普通話說話能力越弱的學生，其話語中夾雜粵方言詞彙的條目越多。

另外還有研究者試圖總結香港小學生普通話產生偏誤的原因，主要歸結為以下幾個方面：(1) 母語的負遷移；(2) 目的語的負遷移；(3) 學習者的交際策略和學習策略影響。香港小學生在普通話的學習過程中，中介語現象會隨着學習階段的遞進而有所改善，逐漸向目的語靠攏。學習者也會在學習的過程中自我修正自己的學習策略 (盧秀枝，2004)。

　　已有的這些研究對於改善普通話教學，提高香港小學生普通話水準，提供了不同程度上的支援，但是這些研究更多的是從教學實驗和語料分析 (余京輝，2007) 的角度展開，從普通話測試角度展開的不多，測試還未能更好地發揮其評定、促進教學的功能。

二、研究方法

　　本研究以香港理工大學編製的"小學普通話水平考試"為工具，通過具體分析實際測試資料，了解當前香港小學生普通話水平，以期為改進香港小學普通話教學提供第一手的參考資料。

　　本項分析數據採用先導性測試的評分結果，該次測試由三所學校的 102 名小六學生參加，評分由具有豐富教學經驗的普通話資深老師完成。具體安排參見本書第二章第三節，而試卷的質量檢驗參考第五章。

第二節 分析結果與討論

就 102 名小六學生的普通話表現，本研究首先根據先導性測試的結果，考察總體情況，然後具體分析受試學生的普通話聆聽、普通話規範判斷、普通話朗讀和普通話説話能力四個分測試結果。

一、整體水平分析

測試總分、卷一筆試總分、卷二口試總分以及聆聽、普通話規範、朗讀和説話四個分測試的總體情況，參見表 7-1：

表 7-1 總體成績

	平均分	標準差	得分率	最低分	最高分	滿分	偏度	峰度
測試總分	67.83	12.21	68%	34.98	91.88	100	-0.07	-0.47
筆試總分	29.99	5.63	75%	15.00	39.00	40	-0.49	-0.34
聆聽理解	16.04	3.49	80%	4.00	20.00	20	-1.31	1.60
書面判斷	13.95	3.44	70%	6.50	20.00	20	-0.18	-1.03
口試總分	37.84	7.27	63%	19.98	56.88	60	0.23	-0.30
朗讀	19.53	4.48	65%	8.38	28.98	30	0.05	-0.54
説話	18.31	3.14	61%	11.60	27.90	30	0.51	0.17

從表 7-1 中可以看出，學生的普通話測試的整體得分率在68%，其中聆聽理解的得分率最高，達 80%，説話的得分率最低，在 61%，這一結果與韓海霞 (2006) 的研究結論是一致的。根據偏度和峰度的標準差 (偏度的標準差是 0.24，峰度的標準差是 0.47) 對測試成績進行了正態分佈的顯著性檢驗，結果表明普通話測試的總體成績呈現正態分佈，符合人們對學生能力分佈的一般認識。但是，

從測試的各個部分看，筆試、聆聽理解得分呈負偏態，説話得分呈正偏態，一種潛在的可能是學生的普通話語言知識通過教學掌握得較好，而普通話的運用能力可能還有待提高。

將這個結果與林漢成等人的研究結果進行對比 (林漢成等，1999)，在他們的研究中，小學生普通話測試總體得分率是 63%，其中朗讀部分 49%，説話部分 77%。由於在這個研究中普通話測試僅包括朗讀和説話兩個部分，將此結果與我們測試中卷二口試部分對比發現，兩個研究的得分率頗為一致，我們卷二口試的得分率也是 63%；但是我們的朗讀的得分率是 65%，説話的得分率是 61%。考慮到兩次調查使用的工具不同，兩個研究結果的比較結果只能作一般參考。

其次，我們直接比較了相關變量的變異係數，考察學生在兩個研究測試中得分的差異程度。"小學生普通話測試"考試總成績的變異係數是 18%、口試總分 19%、朗讀 23% 和説話 17%。經過計算，林漢成等 (1999) 的研究考試總成績的變異係數是 24%、朗讀 40% 和説話 22%。不論是普通話能力的總成績，還是口試部分的總成績，都可以看出他們的調查所顯示的學生普通話水平差異程度，要比我們的研究所得大 (24% > 18%、19%)，這種情形在朗讀和説話部分同樣也可以觀察到 (40% > 23%；22% > 17%)。誠然，這兩個研究也有較為一致的地方，就是大家都顯示了朗讀部分的差異大於説話部分的差異 (23% > 17%；40% > 22%)。不過，需要特別提出的是，這個一致的結果是在兩個研究中朗讀部分和説話部分的得分率截然不同的情況下得到的。在他們研究中説話得分率高於朗讀得分率 (77% > 49%)，而在我們的研究中，説話得分率低於朗讀得分率 (61% < 65%)。此外還需要再補充的一點是，在採用不同的題目且沒有進行等值處理的情況下，這種得分率之間的直接比較並不能説明學生哪個部分的表現更好，或者哪個方面退步了。

本研究其他部分的變異係數,最大的是書面判斷部分,達到了25%,聆聽理解的變異係數22%,兩個合併後卷一筆試部分的變異係數是19%。上述的比較結果可能説明了兩個情況:一是經過十年的普通話教學,香港小學生普通話水平之間的差距正在逐步縮小;二是香港小學生在普通話朗讀方面的差異比説話的差異大,我們又需要檢討目前的教學安排,以改進朗讀教學。

概括而言,香港小學生普通話總體平均成績較低(平均數為67.83),學生之間差異較大(標準差為12.21)。小學生在普通話聽力和相關語言知識方面的表現稍好。需要注意的是,聽懂普通話是本科學習一個基本要求,具有普通話知識並不代表具有較高的普通話水平。從卷二得分看(得分率63%),小學生普通話表達水平偏低。這一現象提示我們,普通話教學在教授基本的普通話知識,如漢語拼音、規範的漢語表達之餘,更要重視表達的訓練。普通話課的目的不在於灌輸語言知識;知識的傳輸只是為了加深學生對普通話的認識,最終提升普通話的聽説表達能力。如果課堂教學只重視知識而忽視實際語言表達能力的訓練,那是本末倒置的做法。

二、聆聽理解分析

聆聽理解部分從學生對"聽辨詞語"和"聆聽對話和語段"兩個方面進行考察,"聽辨詞語"考核聽辨普通話聲、韻、調的能力,"聆聽對話和語段"考核對普通話對話和語段表義和隱含意義的理解能力,包括檢索重點信息、理解言外之意、歸納綜合主題等。

表 7-2 小學生普通話聆聽理解能力成績統計

	平均分	標準差	得分率	最低分	最高分	滿分	偏度	峰度
聽辨詞語	8.82	1.77	88%	2.00	10.00	10	-1.94	3.38
聆聽對話和語段	7.22	2.64	72%	0.00	10.00	10	-1.24	0.94

從表 7-2 中可以看出，聽辨詞語的得分率 88%，遠高於"聆聽對話和語段"的 72%(聆聽理解整體的得分率 80%)。正態分佈的顯著性檢驗結果表明，聆聽理解測試的兩個子測試("分測試"是指測試的四個範疇，"子測試"是指四個測試範疇下再次劃分的 11 個部分，參考第六章第一節)都呈明顯的負偏態，結果如圖 7-1 所示。

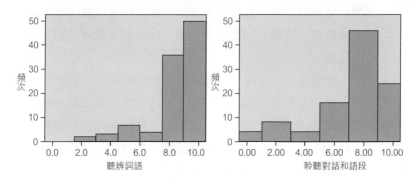

圖 7-1 聽辨詞語及聆聽對話和語段成績分佈圖

從圖 7-1 可看出"聽辨詞語"高分段所佔比例最高。8 分以上佔 84.3%，滿分 (10 分) 比例佔 49%。這說明，詞語的聽力辨別能力較強，能夠正確聽辨常用的普通話字詞。"聆聽對話和語段"同樣可以看到高分段佔比例最高，經過統計 8 分以上佔 68.6%，滿分 (10 分) 比例佔 23.5%，本次測試學生普通話對話和短文的聽力能力較強。如果比較"聽辨詞語"和"聆聽對話和語段"的變異係數，前者明顯小於後者("聽辨詞語"20%、"聆聽對話和語段"37%)，學生在"聆聽對話和語段"上差異較大。

對學生聆聽辨別詞語的錯誤進行統計分析表明，學生的錯誤主要因為不熟悉某些詞語的普通話讀音，因而往往受那些詞語的粵語讀音所干擾，而出現以下幾類錯誤：一是"整體音節辨認錯誤"，例如：mào (冒) 與 wù (務) 混淆，有 25.5% 的錯誤率；二是"聲母辨認錯誤”，例如：s（思）和 x（希）、n（玩弄）和 l（弄堂）、g（購）和 k（扣），有 9.8% 的錯誤率；三是“韻母辨認錯誤”，例如：e（廁）和 i（刺），有 11% 的錯誤率，u（牡）和 ao（卯），有 3.9% 的錯誤率；四是“聲調辨認錯誤”，這是學生最容易犯錯的部分，在辨別聲調上出錯的比率達到 18.6%，例如無法辨別 zhíbān 和 zhǐbǎn。源於母語影響的負遷移現象，會在學生逐步掌握目的語以後慢慢減弱。因此，要減輕粵方言讀音對學生的影響，就需要在教學中加強普通話字音的教學。

學生“聆聽對話和語段”的表現從優到差依次是：直接從聆聽材料獲取信息的辨別能力最高，只有 1% 的學生出現錯誤；整體把握對話和語段的能力次之，17.6% 的學生出錯；在對話中根據語氣判斷語意的能力更差，有 25.5% 的錯誤率；而從語境理解語義的表現則最差，錯誤率達到了 61.8%。可以看出，學生如果需要對聽力材料進行較為細緻的推理以獲取信息的話，表現較差。這說明學生一般能夠理解話語的表面意義，但是對於深層意義的理解，則比較難於把握。可見在普通話教學中，當學生初步掌握日常基本會話的聽說能力後，應該進一步加強學生對語境、語言潛在信息和語言深層意義等語言運用方面的能力訓練。目前這方面的訓練，在多數學校裏面似乎還是比較欠缺的。

三、書面判斷分析

“書面判斷”包括了“看拼音寫漢字”、“看漢字寫拼音”、“同音字辨析”和“選擇符合普通話規範的句子”共四個子測試。前兩者主要是讓學生進行音形和形音匹配，目的在考察學生掌握漢語拼音的能力，以及分辨常用字詞讀音的能力。“同音字辨析”是考察在沒有拼音符號提示的情況下，學生對普通話常用字詞形音轉化的能力。最後是考察學生分辨普通話詞彙（包括量詞）和語法規範的能力。這四個子測試方面的表現如表 7-3 所示。

表 7-3　書面判斷能力成績

	平均分	標準差	得分率	最低分	最高分	滿分	偏度	峰度
看拼音選漢字	2.78	1.04	70%	0.50	4.00	4	-0.47	-0.91
看漢字選拼音	2.44	1.08	61%	0.50	4.00	4	-0.11	-1.11
選擇同音字	2.25	1.09	56%	0.00	4.00	4	-0.14	-0.82
選擇規範句子	6.48	1.63	81%	0.00	8.00	8	-1.42	2.32

　　學生在"書面判斷"方面的表現整體較好，得分率僅次於"聆聽理解"，達到了 70%。但從表 7-3 中可以看出學生在"書面判斷"方面的表現出現比較大的內部差異，"選擇規範句子"的得分率高達81%，而"選擇同音字"的得分率最低，僅有 56%，這似乎表明學生對普通話詞彙和語法掌握較好，而對於普通話語音掌握得不夠好。這個結果與粵普的語言學分析結果一致，研究者認為粵語與普通話的語音差別最大，詞彙次之，語法的差異最小(王力，1986)。對"書面判斷"四個子測試進行正態分佈的顯著性檢驗表明，"選擇規範句子"明顯地呈現負偏態，峰度高狹，其餘三個子測試分佈呈基本正態分佈("看拼音選漢字"的偏度在臨界值)。

　　從圖 7-2 可以看出，"判斷符合普通話規範句子"的高分段在總體中所佔比例最高。經過統計 7 分以上佔 62.8%，滿分 (8 分) 比例佔 31.4%。"判斷符合普通話規範句子"的能力較強，能夠對普通話相關的詞彙和語法作出正確判斷。"看拼音選漢字"、"看漢字選拼音"和"選擇同音字"在不同的分數段分佈均勻。至於四個子測試的變異係數，分別是"看拼音選漢字"37%、"看漢字選拼音"44% 和"選擇同音字"49%，遠遠高於"選擇規範句子"(25%)，可以看出學生在選擇同音字測試上表現的水平較低，學生之間差異較大。

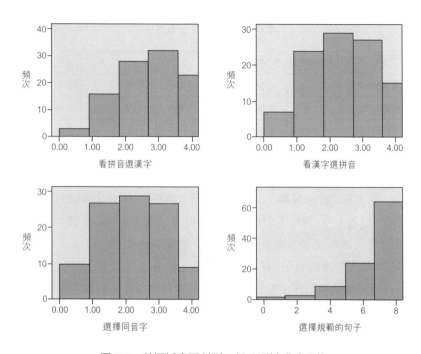

圖 7-2 普通話書面判斷四個子測試成績分佈

對學生"看拼音選漢字"、"看漢字選拼音"和"選擇同音字"的錯誤統計分析表明，學生對普通話語音的掌握方面，明顯受方言字音的影響。"書面判斷"普通話語音的錯誤主要有以下幾類：一是"整體音節錯誤"，例如："勤"qín 與"肯"kěn 混淆，有 49% 的錯誤率；二是"聲母混淆"，例如：g（概）和 k（慨）混淆，有 36.3% 的錯誤率；h（惠）和 w（衛）有 59.8% 的錯誤率；三是"韻母錯誤"，例如：前後鼻音 en（陳）和 eng（程），有 26.5% 的錯誤率，ao（高）和 iao（膠），有 41.2% 的錯誤率；四是"聲調錯誤"，例如，混淆一聲（溫）和二聲（蚊），錯誤率 55.9%；混淆三聲（泳）和四聲（用），錯誤率 30.4%。這啟示我們，日常普通話教學要加強字音教學，特別是粵語讀音與普通話讀音差異比較大、比較容易混淆的字詞的讀音。

在判斷符合普通話規範句子方面，通過錯誤率的分析發現，學生主要的錯誤在詞彙和句式方面。詞彙中主要的錯誤是誤選方言詞，如用"多點食"代替"多吃點"，錯誤率14.7%；用"救滅"代替"撲滅"，錯誤率47.1%。句式錯誤中，常見的同樣是方言句，如"走先"代替"先走"，錯誤率18.6%；"有播放"代替"播放過"，錯誤率11.8%。有研究者將香港地區使用普通話出現的這種錯誤稱為"港式中文"(余京輝，2007)。這種現象提醒我們：跟其他第二語言學習的情況一樣(Ellis，2005)，在普通話教學和培訓中，有必要加強規範普通話詞彙和句式的輸入，只有讓學生不斷接觸普通話語言材料，才有可能使這些材料內化和自動化，成為學生所熟悉的表達形式，可以不假思索、脫口而出。在培訓的過程中，香港的老師比較喜歡採用粵普對比的方法幫助學生認識普通話跟粵語顯著不同的特點。這種方法有助於學生提高對兩者差異的認識，但是認識了差異並不等於就能掌握普通話的表達方式，普通話規範形式如果沒有通過的不斷復現和內化，就不能充分為學生所掌握，粵語的負遷移作用始終無法排除。因此，通過加強練習和使用，保證足夠數量的普通話語料不斷輸入和復現，是提升學生普通話表達能力的必要手段。

四、朗讀分析

朗讀部分包括"朗讀字詞"和"朗讀短文"兩個測試。"朗讀字詞"考核語音的標準程度和發音的清晰程度，包括輕聲、兒化、變調等。"朗讀短文"考核在連續的語流中，語音的正確性和穩定程度以及流暢程度。學生朗讀的表現如表7-4所示。

表7-4　朗讀成績

	平均分	標準差	得分率	最低分	最高分	滿分	偏度	峰度
朗讀字詞	11.06	2.49	73.4%	3.50	15.00	15	-0.39	-0.14
朗讀短文	8.44	2.24	56.3%	4.28	14.48	15	0.52	-0.44

　　學生"朗讀字詞"在整體朗讀測試中的表現較好，達到了 73.4% 的得分率，"朗讀短文"表現較差，僅達到 56.3% 的得分率。正態分佈檢驗結果表明，兩個朗讀測試的成績都呈正態分佈。

　　通過錯誤率的分析發現，"朗讀字詞"的錯誤有幾種情況，首先是普通話讀音中的音變，如"不辣"的"不"注音是四聲，朗讀時應該音變為二聲，但讀錯率達到了 56%；其次是兒話音，這是粵方言中沒有的語音現象，錯誤率也達到了 56%；再次是前後鼻音，如"翁"唸成前鼻音，錯誤率達到了 51%。當然一些常見音節也有錯誤，如"語"、"改"、"人"等，這些字的錯誤率也在 40% 以上。

　　"朗讀短文"是由評分員從語音(6 分)、語氣語調(6 分)、流暢度(3 分)三個方面計分，這三個方面評分結果如表 7-5。從表中可以看出，"朗讀短文"中得分率最低的是讀音，僅有 34.5% 的得分率。讀音是不少學生普通話學習的薄弱環節，教師有必要在教學中多加重視。

表 7-5　朗讀短文成績

	平均分	標準差	得分率	最低分	最高分	滿分
語音	2.03	1.58	34.5%	0.00	5.85	6
語氣語調	4.61	0.69	77%	3.00	6.00	6
流暢度	1.80	0.46	60%	0.75	2.62	3

五、說話分析

　　說話部分包括"先聆聽後說話"(聆聽和復述的綜合能力)、"根據要求說話"(敍述和評論的能力)和"根據問題說話"(應對和交際的能力)三項測試。主要考核在沒有文字憑藉的情況下，運用普通話傳情達意的能力，具體反映應試者的普通話語感、反應速度，說話的準確、流暢與條理性。上述不同的說話形式考查點各有側重，具體結果如表 7-6 所示。

表 7-6 小學生普通話說話能力成績統計

	平均分	標準差	得分率	最低分	最高分	滿分	偏度	峰度
先聆聽後說話	5.90	1.19	59%	3.48	9.23	10	0.29	-0.26
根據要求說話	6.30	1.04	63%	3.53	9.28	10	0.25	0.17
根據問題說話	6.11	1.18	61%	2.63	9.40	10	0.17	0.38

學生普通話說話能力在三個子測試中表現較為一致，得分率在 60% 上下浮動，差異不大。三個子測試的變異係數在 16% 到 20% 之間，變異性差異較小。三個子測試的成績都呈正態分佈。整體而言，學生失分率較高，顯示學生普通話的說話水平還有很大的提升空間。

說話部分都是由評分員根據內容 (3 分)、語音 (4 分)、詞彙與語法 (1 分) 和流暢度 (2 分) 四個方面評分。我們進一步對這四個方面進行分析，結果如下表：

表 7-7 說話部分評價指標

維度	指標	最低分	最高分	平均分	標準差	得分率
先聆聽後說	內容	0.50	3.80	2.18	0.75	0.73
	語音	0.50	3.00	1.69	0.52	0.42
	詞彙	0.50	1.00	0.77	0.11	0.77
	流暢度	0.50	1.75	1.27	0.33	0.63
按要求說話	內容	0.50	3.90	2.11	0.69	0.70
	語音	0.50	3.00	2.05	0.50	0.51
	詞彙	0.50	1.00	0.74	0.11	0.74
	流暢度	0.75	1.88	1.39	0.28	0.70

維度	指標	最低分	最高分	平均分	標準差	得分率
回答問題	內容	0.50	3.90	1.96	0.79	0.65
	語音	0.50	3.00	1.99	0.61	0.50
	詞彙	0.50	1.00	0.77	0.11	0.77
	流暢度	0.75	1.88	1.39	0.30	0.69

　　從表 7-7 中可以看出，說話三個子測試中得分率最低的都是"語音"，最低僅有 42% 的得分率。這個結果與"書面判斷"和朗讀部分所發現的完全一致，表明小學生普通話學習最主要的問題在語音上。

第三節　結論與建議

本研究通過對測試資料的分析發現：香港小學生在聽力和語言知識的掌握方面表現較好，但在使用普通話進行表達方面的表現較差。具體表現為：

1. 聽力：水平較高，特別是對於常用字詞的辨別和對語段的簡要理解，而對於通過語氣、語境的提示理解深層意義的能力則有待進一步加強。

2. 判斷：普通話規範詞彙和規範語法掌握狀況較好，而普通話語音掌握較差，學生的語音辨認受方言字音影響較大。漢語拼音的掌握程度比普通話語音的掌握程度好。

3. 朗讀：表現一般，錯誤主要集中在語音方面，如音變、兒化音、前後鼻音等等。"朗讀字詞"的水平明顯優勝於"朗讀短文"。

4. 說話：整體表現最差，主要失誤表現在語音方面，與"書面判斷"和朗讀範疇的表現一致。

結合上述分析，為提高小學生普通話的水平，我們建議：

1. 加強學生普通話語音和字音的學習和訓練，根據語言學分析和調查所顯示的學生普通話語音問題，確定語音教學和訓練的重點、難點，對學生進行有的放矢的訓練。

2. 重視普通話教學中漢語拼音作為學習工具的教學，但需要更為重視拼音學習對普通話語音學習效果的提高，通過學習漢語拼音提高學生普通話語音水平。

3. 不但重視語言知識，更要重視語言運用，強調學生學習普通話相關語音、詞彙和語法知識的同時，重點要放在學生整體語言交際能力的提高上。以語音為突破口提高學生綜合運用普通話的能力。

4. 針對學生不能夠通過語氣、語境的提示對話語有深層次理解的問題，以及對話能力薄弱等缺點，除了要提高學生的普通話表達能力外，還應該讓學生了解更多影響語言表達的文化因素，了解普通話使用的社會環境，這樣也同時可以激發學生學習普通話的興趣。

參考文獻

1. 王力（1986）。"方言區的人學習普通話"。載於《普通話叢刊》（第二集）。第 6-7 頁。

2. 田小琳（2003）。"論香港普通話科教師語文能力評核的準則"。載香港教育統籌局課程發展處中國語文教育組編《集思廣益三輯：普通話學與教的實踐與探討》。第 181-192 頁。香港：香港教育統籌局課程發展處中國語文教育組。

3. 何國祥（1999）。"廣州話普通話語音對應規律對香港普通話教學的意義"。載何國祥主編，何文勝、傅健雄和楊桂康副主編《語文與評估：一九九八年國際語文教育研討會論文集》。第 218-234 頁。香港：香港教育學院語文教育中心。

4. 余永華（2008）。《香港地區英語及普通話雙語學校學童對普通話及粵方言之掌握》。第 1-3 頁。香港：香港大學碩士論文。

5. 余京輝（2007）。"港式中文對普通話水平測試的影響及培訓策略"。《語言文字應用》。第 10 期，第 84-88 頁。

6. 李怡（2005）。《學齡兒童粵普語音之聲調對應實驗研究》。香港中文大學普通話教育文學碩士學位畢業論文。http://www.fed.cuhk.edu.hk/~pth/train_mpe_thesis_read.php?titleno=39。瀏覽日期：2010 年 1 月 8 日。

7. 李淑嫻（2004）。《香港小學生普通話口語中夾雜粵方言詞彙的語誤分析—以香港一班小學六年級學生為例》。香港中文大學普通話教育文學碩士學位畢業論文。http://www.fed.cuhk.edu.hk/~pth/train_mpe_thesis_read.php?titleno=10。瀏覽日期：2010 年 1 月 8 日。

8. 周柏勝、劉藝（2003）。"從教師、學生與學校的課程論香港推普問題"，《語言文字應用》。第 1 期，第 27-28 頁。

9. 林漢成、唐秀玲等（1999）。《"香港小六學生普通話水平調查研究"研究報告》。第 2-17 頁。香港：香港教育學院。

10. 香港課程發展議會（1997）。《小學課程綱要：普通話科（小一至小六）》。第 3-5 頁，第 43 頁。香港：教育署。

11. 香港課程發展議會（2004）。《小學中國語文建議學習重點》。第 10 頁。香港：政府印務局。

12. 張壽洪（1999）。"香港小六學生普通話水平調查研究的初步結果分析"。《文史通訊》。第 6 期，第 107-111 頁。

13. 張壽洪、盧興翹等（1999）。"香港小六學生普通話能力初探"，載何國祥主編，何文勝、傅健雄和楊桂康副主編《語文與評估：一九九八年國際語文教育研討會論文集》。第 473-490 頁。香港：香港教育學院語文教育中心。

14. 梁志明（2008）。《香港小學生普通話口語表達中的語法偏誤及訓練方法》。香港中文大學普通話教育文學碩士學位畢業論文。http://www.fed.cuhk.edu.hk/~pth/train_mpe_thesis_read.php?titleno=101。瀏覽日期：2010年 1 月 8 日。

15. 郭明慧（2008）。《香港小五學生口語語音（舌根 h、k，舌尖前 z、c、s，舌尖後 zh、ch、sh，舌尖中 n、l 音及介音）之偏誤與教學研究》。香港中文大學普通話教育文學碩士學位畢業論文。http://www.fed.cuhk.edu.hk/~pth/train_mpe_thesis_read.php?titleno=100。瀏覽日期：2010年 1 月 8 日。

16. 湯志祥（2006）。"香港普通話教學的新視角（上）"，載《普通話教研通訊》。第 18 期，第 12 頁。香港：香港中文大學。

17. 馮少碧（2005）。《香港小四學生普通話語音偏誤調查研究》。香港中文大學普通話教育文學碩士學位畢業論文。http://www.fed.cuhk.edu.hk/~pth/train_mpe_thesis_read.php?titleno=32。瀏覽日期：2010年 1 月 8 日。

18. 黃月圓、楊素英、李蒸（2000）。"香港小一、小二學童普通話能力的發展"，載周漢光主編《語文教育新動向》（中文教育論文集第七輯）。第 265-274 頁。香港：香港中文大學教育學院。

19. 鄭崇楷（2000）。"譯寫教學就是拼音教學"。載香港教育署中文組《集思廣益二輯：開展新世紀的普通話教學》。第 109-113 頁。香港：香港政府印務局。

20. 盧秀枝（2004）。《香港小學生普通話口語表達中的詞彙問題研究》。香港中文大學普通話教育文學碩士學位畢業論文。http://www.fed.cuhk.edu.hk/~pth/train_mpe_thesis_read.php?titleno=15。瀏覽日期：2010年 1 月 8 日。

21. 盧興翹（2006）。"香港中小學普通話科教學總論"。載唐秀玲等《普通話教學法——新世紀的思考和實踐》。第 2-27 頁。香港：香港教育圖書公司。

22. 韓海霞（2006）。《兩文三語與小學生普通話說話能力的教學策略》。香港中文大學普通話教育文學碩士學位畢業論文。http://www.fed.cuhk.edu.hk/~pth/train_mpe_thesis_read.php?titleno=59。瀏覽日期：2010年 1 月 8 日。

23. Ellis, R.（2005）Principles of Instructed Language Learning. In *System*, Volume 33, Issue 2, pp209-224.

第八章

普通話水平影響因素的初步分析

第一節 研究問題與方法

一、問題的提出

　　香港屬於粵方言區，長期以來，90% 以上的香港民眾都以粵方言作為日常生活的慣用語言。雖然在一九九七年香港回歸以後，作為民族共同語和現代漢語標準語口頭形式的普通話成為香港的法定語言，香港特區教育當局更在 1998 年開始把普通話定為中小學課程裏的核心科目，在教育系統裏廣泛推動普通話學習，而普通話在香港各工商活動中的使用頻率也日益提高，但時至今日，香港整體社會的語言應用仍然以粵語為主導；因此在探討香港的普通話教學情況和香港學生的普通話水平時，不少研究者都會關心粵語在當中所產生的影響。這些研究當中，不同層次的粵普對比研究，就為數不少；其中有關於語音的 (施仲謀，1986；何國祥，1999)、詞彙的 (鍾嶺崇，1994；曾子凡，2002) 和語法的 (王培光，1997；李新魁，1994)，也有學者以標準語為依歸，提出 "港式中文" 的概念 (王力，1986；石定栩，2006；韓玉華，2006)，以代表深受粵語影響的香港書面中文。那麼，粵語的這種強勁勢頭是否對香港的普通話教學和香港學生的普通話水平構成影響呢？除了方言因素外，是否還有其他因素在產生作用呢？

　　自從普通話水平測試在中國大陸各省市推行後，很多從事測試工作的學者就開始探討影響普通話水平測試質量的內在和外在因素，且一般都是從測試員和測試者的角度出發的，包括來自測試員的認知因素、社會因素和生理情感因素等，譬如測試員的心理干擾：注意動搖、感覺對比、聽覺適應和心理定勢等；來自受測者的干擾則包括緊張焦慮、自信心和氣質類型等 (徐暢，2007；李駿騎、

李素蘭，2002；李雪娥，2007；李朝暉、尹卿，2008；梁卡琳，
2001）。

對於影響不同地區普通話水平的因素有所分析的，目前還不
算多（徐寶良、李鳳英，2007；謝旭慧、程肇基、王艾平，2008；
馬曉琴，2004）。在這方面，劉曉亮、馬曉琴（2004）的研究分析了
陝西南部地區方言、性別、專業對普通話測試等級的影響，結果
發現：西部方言區比東部方言區成績低；理科的成績比文科的成績
低；男性的成績比女性的成績低。影響測試成績的方言因素主要表
現為聲母、韻母的發音錯誤，而這種錯誤是方言區應試人員普遍存
在、習慣性、也是較難糾正的錯誤。

馬曉琴（2004）對關中地區的普通話水平測試成績進行定量和定
性分析發現，該地區學生的性別和專業因素對普通話水平影響有重
要作用：女性的成績高於男性的成績；文科人員的等級高於理科人
員的等級。而普通話水平受年齡和學歷的影響不大：應試者並不因
為年齡的差異而影響成績；學歷高的應試者並不一定能獲得較高成
績。關中地區的方言對普通話成績影響也較小。

徐寶良、李鳳英（2007）運用聽音跟讀、聽音回答問題、聽音
判斷對錯三種普通話語音意識測試，對 60 名上海學前兒童和 50 名
湛江學前兒童的語音意識發展進行了定量分析。結果發現，學前兒
童在掌握語音意識方面，聲調意識水平最高，其次為韻母意識，再
次為聲母意識；兒童年齡、測試方式和方言都會對被試的語音意識
成績產生顯著影響。

謝旭慧、程肇基、王艾平（2008）採用問卷訪談的方法探討影
響中國師範生普通話水平的因素，他們發現對師範生普通話水平的
發展產生影響的因素有以下三種：(1) 個人因素 (興趣和努力程度)；
(2) 地域因素 (城鎮和不同方言區) 和 (3) 文化因素 (學科專業) 等。

在香港地區，也有研究者圍繞語用環境影響香港普通話教學這
個角度展開了相關研究，譬如香港教育學院 1999 年進行了一次香

港小六學生普通話水平調查研究，其研究對象是學了三年普通話的小六學生 (林漢成、唐秀玲等，1999)。在全面描述小六學生普通話朗讀能力的基礎上，分析了語用環境對學生普通話學習的影響 (林漢成，張壽洪，2000；張壽洪，1999)。

也有研究者從教師、學生以及學校的課程設置三個方面來探討香港推廣普通話的困難，通過調查明確提出：改進普通話教學的有效措施之一，就是創造良好的語言環境 (周柏勝、劉藝，2003)，其他研究者的定性分析同樣強調了語言環境的作用 (周健，2004)。還有研究者從雙語教學的角度分析了語用環境對普通話學習和粵語學習的影響，強調了語用環境在語言學習中的作用 (余永華，2008)。

以往的相關研究，大多數集中在影響普通話測試的因素方面，尤其是測試信度和效度。而較少探討影響普通話水平的各種因素，特別針對香港地區的研究就更少了。而從研究方法看，相關的研究大多屬於經驗的總結，量化的實證研究並不多見。

因此，採用實證的研究方法，全面深入分析可能影響香港小學生普通話水平的因素，為香港的普通話教學和推廣工作提供有用的參考數據，實有必要。

二、研究方法

本研究採用實證量化的研究方法，探討社會與家庭、學校教育和學生個體三個方面的相關因素與香港小學生普通話水平之間的關係，以期為改進香港小學生普通話教學、提高香港小學的普通話水平提供一些認識基礎和依據。

本項分析數據採用先導性測試的評分結果，該次測試由三所學校的 102 名小六學生參加，評分由具有豐富教學經驗的普通話資深老師完成。具體安排參見本書第二章第三節，而試卷的質量檢驗參考第五章。

三、影響普通話水平的相關因素

　　根據上述文獻概述，影響小學生語言學習的主要因素可概括為四個方面：(1) 社會層面，如整個社會的語言環境、使用語言的情況以及社會需求等；(2) 家庭層面，如家庭語言活動、語言學習支持等；(3) 教育層面，如相關課程、教師語言、教育活動等；(4) 個人層面，如個人偏好、個人語言運用頻率和教育經歷等。

　　考慮到影響小學生學習的社會因素較多地體現在家庭環境和氛圍中，故本研究不單獨考慮社會因素與學生普通話水平的關係，而是將它納入家庭因素。下面將分別介紹各層面分析的具體指標和操作性定義。

　　1. 個體層面：搜集學生的人口統計學資料，包括性別、年齡、學習普通話的態度和普通話使用頻率四個指標。其中：

　　　i. "學習普通話的態度"根據學生對普通話喜歡程度的自我報告確定，分為"極不同意、不同意、一般、同意和極同意"5級；依次從低到高計分為 1、2、3、4、5，分數越高表示越喜歡學習普通話，普通話學習態度越積極。

　　　ii. "普通話使用頻率"根據學生在五個方面接觸普通話頻次的自我報告確定，這五個方面是：普通話電視劇和廣播劇、普通話資訊節目、普通話綜合節目、普通話歌曲、每週閱讀中文書和報刊時數。每個方面的頻率分為：(1) 0 次、(2) 1 次、(3) 2–3 次、(4) 4–5 次、(5) 6–7 次；分別從低到高計分：1、2、3、4、5 分，分數越高表示接觸普通話的頻次越高，將這五個方面的得分相加作為學生總體的普通話使用頻率，同樣地，分數越高說明接觸普通話的機會越多。

　　2. 學校層面：收集學校普通話授課教師在普通話科目上對學生的評價，作為學校對學生影響的整體指標，分析與普通話水平考試成績的關係。學生在學校普通話學習中所得到的評價由三個方面組成：(1) 普通話考試中筆試的成績；(2) 普通話考試中説話的成績；(3) 普通話授課教師對學生普通話學習的綜合評分。本研究將收集到的這三個方面的成績相加作為學校層面的影響。需要補充的是，學校層面中有許多方面可以影響學生的學習成績，如教育理念、管理水平、教師水平、教材、課程、教學方法等，但我們認為這些因素有的較為間接，有的數據難以獲得，學校給與學生的成績應該是這些因素中比較容易操作而又比較直接相關的。為了所得資料更為全面和真實，我們統計了學生在科目中的考核成績和教師評定成績，將其合併作為學生學習普通話過程中受到學校層面的影響。

3. 家庭和社會層面：搜集了家庭中普通話的綜合運用狀況。本研究將綜合運用狀況進一步分解為家庭重視普通話的程度、家庭使用普通話的頻率、家庭收聽或收看普通話影視作品、電台電視的頻率。每一項都是五點計分，分數越高表示程度或頻率越高，三項計分合併作為學生綜合運用普通話的量化指標，反映社會和家庭環境中普通話使用的語言環境。

以上共計六個有影響因素的指標：(1) 性別、(2) 年齡、(3) 喜歡程度、(4) 使用頻率、(5) 學校成績和 (6) 綜合使用。所有調查均在學生參加普通話水平考試前完成，學生資料個人填寫，並且由主要負責教師審核。

第二節　　結果與分析

一、各種影響因素的相關分析

六個有關因素 (學生性別、年齡、對普通話的喜歡程度、普通話使用頻率、學校成績和綜合使用) 與普通話水平之間的相關，參見表 8-1。從該表可以看出，六個影響因素之間，除性別

表 8-1　影響普通話水平因素的相關分析

	性別	年齡	喜歡程度	使用頻率	綜合使用	學校成績	普通話水平
性別	1.00						
年齡	-0.04	1.00					
喜歡程度	-0.17	0.35**	1.00				
使用頻率	-0.09	0.28**	0.64**	1.00			
綜合使用	-0.25**	0.32**	0.58**	0.49**	1.00		
學校成績	-0.07	0.26**	0.45**	0.44**	0.38**	1.00	
普通話水平	-0.19	0.43**	0.62**	0.62**	0.59**	0.57**	1.00

註：* 表示 $p<0.05$，** 表示 $p<0.01$，*** 表示 $p<0.001$，下同。

因素，其他均呈顯著相關，相關係數在 0.43 到 0.62 之間，達到了中等相關的程度，這個結果說明這些因素與普通話水平有密切的關係。余永華 (2008) 研究得出普通話水平與總語用環境的相關是 0.58，這與我們的研究結果是一致的。

二、各影響因素的差異性分析

為了進一步揭示這些因素與普通話水平之間的關係，我們根據計分的檔次對學生在喜歡程度 (沒有非常不喜歡，分為 4 類)、使用頻率 (沒有選擇 0 次，分為 4 類)、學校表現 (根據教師的建議分為 3 類：優、良、一般) 和綜合使用 (原來的 5 類) 的得分進行了分類，將其轉換為類型變量，然後檢驗了各個影響因素的不同水平上學生普通話考試成績之間的差異。性別是二分變量，採用獨立樣本 T 檢驗的方法進行分析，其他影響因素都採用了 One-Way ANOVA 的方差分析。六個影響因素不同水平上學生普通話成績描述統計結果見表 8-2，差異性檢驗結果見表 8-3。

表 8-2　六個影響因素不同水平上學生普通話成績 (M±SD)

影響因素	水平	人數	普通話成績
性別	男	58	69.32±13.10
	女	44	74.73±14.67
年齡	11 歲	24	65.91＋12.19
	12 歲	49	68.35±12.88
	13 歲	28	82.12±12.10
喜歡程度	不喜歡	16	57.30±9.61
	中立	38	67.63±12.43
	喜歡	30	76.55±10.54
	非常喜歡	17	85.12±10.28
使用頻率	很低	17	58.9±9.62
	較低	31	67.59±10.39
	較高	37	74.21±13.09
	很高	16	86.75±1.056

影響因素	水平	人數	普通話成績
綜合使用	非常差	33	65.28±12.82
	比較差	29	64.44±10.91
	一般	14	77.13±8.92
	比較好	12	83.13±6.73
	非常好	11	89.93±10.19
學校成績	一般	15	58.93±10.56
	良	65	70.47±11.90
	優	22	71.62±13.99

表 8-3　六個影響因素相對於不同水平的普通話成績差異分析結果

影響因素	平方和 SS	自由度 df	均方 MS	F (t) 值 F (t)	事後比較
性別		100		t =1.963*	女生＞男生
年齡	4390.02	2	2195.01	14.03***	13 歲＞12 歲＝11 歲
	15334.15	98	156.47		
喜歡程度	7712.26	3	2570.75	20.76***	非常喜歡＞喜歡＞中立＞不喜歡
	12011.92	97	123.83		
使用頻率	7162.53	3	2387.51	18.44***	很多＞較多＝較少＞很少
	12561.64	97	129.50		
綜合使用	8524.05	4	2131.01	17.93**	非常好＞比較好＞一般＞比較差＝非常差
	11170.83	94	118.84		
學校成績	5766.47	2	2883.23	20.39***	優＞良＞一般
	13998.11	99	141.40		

註：事後比較中"＞"代表前面的水平顯著高於後面的，"＝"代表兩者差異檢驗不顯著。

　　從表 8-3 可以看出，六個因素的不同水平之間分別存在顯著性的差異，具體而言：

　　(1) 女生的普通話水平顯著高於男生。在性別上存在差異，與多數性別差異研究的結果相同，這是因為女性在語言上表現出了更多的優勢 (Sternberg & Williams，2003)。但是這裏還存在一個問題，這種性別上的普通話成績差異是否能夠真正影響到普通話水平？對此，後面需要採用多元逐步回歸統計技術進行更為詳細的討論。

　　(2) 13 歲學生的普通話水平顯著高於 12 歲和 11 歲的學生，但12 歲和 11 歲學生的普通話水平沒有顯著差別。這裏觀察到性別與年齡的差異顯著的結果與已有一項分析結果一致 (馬曉琴、陶相榮，2004)。這表明，13 歲學生的學習經驗比 12 歲或 11 歲的學生豐富，對小學生來講，語言學習經驗可以直接提高他們的普通話水平。

　　(3) 對普通話的喜歡程度不同的學生，他們的普通話水平也差異顯著，喜歡學習普通話的學生，其普通話水平相對較高。

　　(4) 使用普通話的頻率不同的學生，其普通話水平差異顯著，使用頻率越高，普通話水平越高。

　　(5) 學生在學校普通話課程中得到越好成績的，普通話水平越高。

　　(6) 綜合使用普通話的狀況越好 (即家庭重視普通話、較多使用或接觸普通話)，學生的普通話水平就越高。

三、影響因素的回歸分析

　　以下我們採用多元逐步回歸技術，分析六個影響因素是否能夠預測學生的普通話水平；即六個影響因素是否能夠建立回歸方程，從而能預測學生的普通話成績。其次，我們分析了六個影響因素對普通話水平是否構成影響，如果有影響，作用多大？換言之，我們要考察的是六個影響因素進入回歸方程的先後順序，以及每個影響因素對普通話成績的解釋量。以普通話水平測試的成績作為因變量，以性別、年齡、對普通話的喜歡程度、個人使用頻率、學校成績和綜合使用為自變量，採用多元逐步回歸的方式建立回歸方程，結果見表 8-4。

表 8-4　多元逐步回歸係數分析

模型		未標準化回歸係數		標準化回歸係數（Beta）	共線性統計量	
		偏回歸係數（B）	標準差		容忍度	方差膨脹因數（VIF）
1	常數項	38.987	4.198			
	喜歡程度	9.444	1.172	0.633	1.000	1.000
2	常數項	-18.671	12.691			
	喜歡程度	7.022	1.175	0.471	0.813	1.230
	學校成績	0.769	0.162	0.375	0.813	1.230
3	常數項	-6.357	12.617			
	喜歡程度	4.953	1.278	0.332	0.622	1.608
	學校成績	0.625	0.160	0.305	0.753	1.328
	綜合使用	3.031	0.907	0.289	0.610	1.640
4	常數項	-6.941	12.313			
	喜歡程度	3.311	1.421	0.222	0.478	2.090
	學校成績	0.578	0.157	0.282	0.742	1.348
	綜合使用	2.723	0.894	0.260	0.597	1.674
	使用頻率	3.132	1.302	0.213	0.556	1.798

模型		未標準化回歸係數		標準化回歸係數（Beta）	共線性統計量	
		偏回歸係數 (B)	標準差		容忍度	方差膨脹因數 (VIF)
5	常數項	-34.808	17.652			
	喜歡程度	2.712	1.421	0.182	0.460	2.172
	學校成績	0.544	0.155	0.265	0.734	1.362
	綜合使用	2.561	0.880	0.244	0.593	1.687
	使用頻率	3.074	1.278	0.209	0.556	1.799
	年齡	3.026	1.398	0.154	0.831	1.204

　　從表 8-4 可以看出六個影響因素，按照喜歡程度、學校表現、綜合使用、使用頻率、年齡的順序，依次進入回歸方程。性別未能進入回歸方程中，表明性別對小學生普通話水平沒有顯著的預測作用。

　　根據共線性診斷指標，容忍度 (Tolerance) 最小為 0.46、0.47，方差膨脹因數 (VIF) 最大為 2.172、2.090，可以拒絕五個變量之間的共線性假設。這個結果表明，這五個影響因素各自對於普通話水平能夠產生相對獨立的影響，影響因素之間不存在較高的相關，可以建立回歸方程。對多元逐步回歸的分析結果進行綜合、整理，對普通話水平影響因素進行逐步多元回歸分析，結果見表 8-5。

表 8-5　普通話水平影響因素逐步多元回歸分析

選出的變量順序	多元相關係數 R	決定係數 R^2	增加解釋量 $\triangle R$	F 值	淨 F 值	標準化回歸係數
喜歡程度	0.633	0.401	0.401	64.921	64.921	0.182
學校成績	0.718	0.515	0.114	51.045	22.668	0.265
綜合使用	0.753	0.566	0.051	41.362	11.175	0.244

選出的變量順序	多元相關係數 R	決定係數 R^2	增加解釋量 $\triangle R$	F 值	淨 F 值	標準化回歸係數
使用頻率	0.769	0.592	0.025	34.030	5.784	0.209
年齡	0.782	0.611	0.020	29.229	4.686	0.154

建立的第一個回歸方程模型是：普通話水平 =38.987+9.444× 喜歡程度。學生對普通話的喜歡程度對普通話水平的解釋量最大，即這是預測普通話水平最有效的一個因素，可以單獨解釋普通話水平差異的 40.1%。興趣愛好是影響小學生普通話學習的首要重要因素，這告訴我們普通話教學應十分重視提升學生對普通話的興趣，這可能也是提高普通話教學效率最有力的方法之一。

第二個進入回歸方程的是學校成績，它與喜歡程度共同解釋了普通話成績的 51.5%，增加了 11.4% 的解釋率。這表明，學校教育對於學生普通話學習的重大作用，顯示了在學校獨立開設普通話課程的重要性。

第三個進入回歸方程的是家庭普通話的綜合使用，增加了 5.1% 的解釋率。

第四個是學生實際的使用頻率，增加 2.5% 的解釋率。

最後一個是年齡，增加了 2% 的解釋率。

這個結果反映了當前香港普通話教學的一個重要的困境，即教育系統大力開展普通話教學，但是公眾日常使用的語言仍然以粵語為主。在 2003 年僅有 57% 的小學生報告他們偶爾使用普通話（周柏勝，劉藝，2003），在整體上普通話使用得少，可能正好是使用普通話頻率無法很好地預測普通話成績的原因。因此，香港為學生學習普通話營造一個良好的氛圍是一個有待長期努力的目標。

據此，如表 8-5 所示，最終建立的標準化回歸方程是：

普通話水平 = 0.182×喜歡程度 + 0.265×學校表現 + 0.244×綜合使用 + 0.209×使用頻率 + 0.154×年齡。

就影響普通話水平的三個層面而言，通過回歸分析的結果可以看出，從層面上而言，對普通話水平影響的重要程度依次是個人層面、學校層面和社會與家庭層面。自回歸以後，香港學生的普通話水平逐漸提高，這或與政治、經濟和文化等社會宏觀層面的變化有關。但這裏真正重要的是，提升普通話水平最主要的途徑，是要將這種外在因素內化為個人的內在動機。當然良好的教學方式也十分重要。一方面，教育系統為學生提供了相應的教育措施，讓學生可以通過正規課程的教育逐步掌握普通話；另一方面，個人接受普通話教育的時間同樣也會影響普通話的學習成效。在個人層面上，本研究發現年齡與普通話水平明顯相關，不同年齡學生之間普通話水平差異顯著，即年齡能夠作為一個變量，預期普通話水平（雖然解釋量比較小，只有 2%）。年齡是教育經歷的反映，年齡越大，表明接受的普通話教育越多，因而普通話水平也越高。

除了個人喜好、正規教育之外，十分重要的影響因素是學生的家庭和社會提供的語言環境和語言使用的普遍程度。正如前文文獻回顧所述，過去研究者更多考慮到這種現實的社會影響力，將香港的普通話水平歸因於語言環境、使用普遍程度以及粵方言的影響上。本研究結果也支持這種觀點，但這僅是影響普通話水平的一個方面，更為重要的是個人的興趣和完善的教育和培訓。大力推廣普通話教學，是提高香港小學生普通話水平的有效措施；而提高學生的學習興趣，更是普通話教學的關鍵。如能抓住這些關鍵之處，一定能夠有效地提高香港小學生的普通話水平。

第三節　結論與建議

本研究主要得出以下結論：

1. 香港小學生的普通話水平與他們對普通話的喜歡程度、學校的成績、綜合使用機會、使用頻率、年齡等五個影響因素顯著相關。

2. 普通話水平雖然與性別不存在顯性相關，但是仍然可以看到女生的普通話水平高於男生。

3. 越喜歡普通話、在學校普通話課程中表現越好、家庭裏普通話接觸越多、使用頻繁越高、學習普通話的時間越長，學生的普通話水平就越高。

4. 普通話水平影響因素的標準化回歸方程是：普通話水平 = 0.182 × 喜歡程度 + 0.265 × 學校成績 + 0.244 × 綜合使用 + 0.209 × 使用頻率 + 0.154 × 年齡。喜歡程度對普通話水平預測能力最強，可以單獨預測普通話成績 40.1% 的變異量。

根據以上的結論，對提高香港小學生普通話水平，我們提出以下建議：

1. 逐步多元回歸的結果表明，影響普通話水平的因素，按照其重要性依次順序是：對普通話的喜歡程度、學校成績、綜合使用、使用頻率和年齡。因此，普通話的教學應選取和學生生活、學習相近的題材和內容，採取多樣化的教學方式，設置學生運用普通話的情境，以提高學生學習普通話的興趣。這對提升小學生普通話水平十分重要。

2. 對於普通話的學習，學校的教育、家庭和個人這三個層面必須相互配合。學校教育對學生普通話學習的作用巨大，起到至關重要的作用，加強和改進普通話教學是學校和普通話教師的重要任務。如果家庭能夠有意識地提供普通話使用的環境，個人能夠有意

識地主動使用普通話，並且持之以恆地學習，小學生的普通話水平
必定會有很大的提升。

參考文獻

1. Sternberg，R. J. & Williams，W. M. 著，張厚粲譯 (2003)。《教育心理學》。第 189-194 頁。北京：中國輕工業出版社。

2. 王力 (1986)。"方言區的人學習普通話"。載《普通話叢刊》(第二集)。第 6-7 頁。

3. 王培光 (1997)。"普通話與粵語的語法差異與其教學"。載香港教育署輔導視學處中文及中史組編《文史通訊》。第 3 期，第 82-92 頁。香港：香港政府印務局。

4. 石定栩 (2006)。《港式中文兩面睇》。第 27-36 頁。香港：星島出版有限公司。

5. 何國祥 (1999)。"廣州話普通話語音對應規律對香港普通話教學的意義"。載何國祥主編《語文與評估：一九九八年國際語文教育研討會論文集》。第 218-234 頁。香港：香港教育學院語文教育中心。

6. 李雪娥 (2007)。"普通話水平測試中的主觀因素影響與對策研究"。《岱宗學刊》。第 3 期，第 60-62 頁。

7. 李朝暉、尹卿 (2008)。"影響普通話水平測試成績之非語言因素的思考"。《語言理論研究》。第 9 期，第 18-19 頁。

8. 李新魁 (1994)。《廣東的方言》。第 250-251 頁。廣東：廣東人民出版社。

9. 李駿騎、李素蘭 (2002)。"試析影響普通話水平測試的心理干擾因素"。《煤炭高等教育》。第 1 期，第 114-115 頁。

10. 周柏勝、劉藝 (2003)。"從教師、學生與學校的課程論香港推普問題"。《語言文字應用》。第 1 期，第 27-34 頁。

11. 周健 (2004)。"香港普通話教學的若干問題"。《語言文字應用》。第 2 期，第 131-136 頁。

12. 林漢成、唐秀玲等 (1999)。《"香港小六學生普通話水平調查研究"研究報告》。第 2-17 頁。香港：香港教育學院。

13. 林漢成、張壽洪 (2000)。"香港小六學生普通話水平調查研究：學生問卷分析"。載香港教育學院編《一九九九教師教育國際學術會議論文集：新世紀的教學效能及教師發展》(電腦光碟)。香港：香港教育學院。

14. 施仲謀 (1986)。《廣州話普通話語音對照手冊》。第 65-68 頁。香港：華風書局有限公司。

15. 徐暢(2007)。"影響 PSC 命題説話項測評信度的非客觀因素"。《青海師專學報(教育科學)》。第 3 期,第 83-85 頁。

16. 徐寶良、李鳳英(2007)。"學前兒童漢語普通話語音意識發展特點及影響因素"。《學前教育研究》。第 4 期,第 14-18 頁。

17. 馬曉琴(2004)。"關中地區普通話水平測試成績的相關影響因素"。《商洛師範專科學校學報》。第 3 期,第 52-56 頁。

18. 馬曉琴、陶相榮(2004)。"普通話水平測試相關因素的調查研究"。載國家語言文字工作委員會編《第二屆全國普通話水平測試學術研討會論文集》。第 285-298 頁。香港:香港商務印書館。

19. 張壽洪(1999)。"香港小六學生普通話水平調查研究的初步結果分析"。《文史通訊》。第 6 期,第 107-111 頁。

附錄一

小學普通話水平考試大綱

一、背景

　　自 1986 年起，普通話科被正式納入小學課程。1998 年，香港政府進一步把普通話科列為中、小學的核心科目。經過多年的學校正規教育，香港小學生的普通話水平有了不同程度的提高。與此同時，香港的語言環境也發生了明顯的變化。作為國家通用語言的普通話，逐漸受到了社會、學校、家長和學生的重視。在此背景下，研究開發一個以香港小學生為對象的普通話水平考試，準確地評定其普通話水平，從而進一步促進普通話教學，就顯得十分重要和迫切了。

二、考試性質

　　小學普通話水平考試 (Putonghua Proficiency Test for Primary Students，以下簡稱 PPTPS) 由香港理工大學中文及雙語學系研究、開發。

　　設立和實施該考試，是為了配合普通話的推廣和語文政策的執行，針對香港地區兒童、少年學習普通話的特點，用語言測試手段評核應試者的普通話水平，並促進普通話教學。

　　考試的具體目的是準確評定應試者的普通話能力，了解現階段學生的普通話學習成效，找出有待提高的項目。同時為改進普通話教與學提供有參考價值的信息，充分發揮考試對普通話教學的積極導向作用，以提高學習者使用普通話的能力。

三、考試方式

　　該考試主要屬於標準參照性質的測試，通過收集應試者的普通話表徵，參照評估標準，評定應試者的普通話水平。

考試包括聆聽、判斷、朗讀、說話四個部分，以考查聽說能力為主。在滿足準確評定、促進教學的前提下，儘可能用較短的時間、最少的題量達到考核的目的。

考試採用嚴謹的程序命題、評分、解釋分數，嚴格控制誤差，保證考試的效度、信度及區分度。

整個考試以電腦化形式進行。經過實驗改進，考試系統有效、穩定、客觀、可靠，且容易實施，符合大規模語言測試的要求，可以在較短時間內完成對大量應試者的測試。

四、考試對象

以小學六年級學生為主，文化程度相近者也可參加該考試。

五、考試內容

借鑒普通話及其教學的研究成果，參考國家語言文字工作委員會的普通話水平測試和香港理工大學的普通話水平考試 (PSK) 的能力項目，結合香港《小學普通話課程綱要》(1997) 中對學生的知識與能力的要求，該考試確定了聆聽、判斷、朗讀和說話四個方面的評核內容，着重考核聆聽、說話等實際交際能力，同時涵蓋了普通話的基礎知識和技能。

考試內容與香港地區小學普通話及中國語文教學要求相配合，並體現香港小學生普通話的學習特點。

命題所用詞語以《香港地區普通話教學與測試詞表》(陳瑞端主編，2008，香港商務印書館出版) 為主要依據。該詞表由香港理工大學中文及雙語學系研發，其中包括詞彙等級大綱、漢字表、音節與漢字對照表。該考試的詞語主要採用詞表中的 A 級詞。

朗讀的篇章以內容通俗、用語規範的童話、寓言、小故事、散文等短文為主。

　　說話的主題切合小學生的生活經驗，內容涵蓋個人、家庭、學校、社會等各方面。

六、考試題型

　　PPTPS 考試包括聽力、判斷和朗讀、說話。測試的具體形式及項目為：

　　第一部分　聆聽

　　1. 聽辨詞語

　　考核學生排除母語干擾，聽辨普通話聲、韻、調的能力。

　　2. 聆聽話語

　　考核學生對普通話對話和語段的理解能力，包括檢索重點信息、理解隱含意義、歸納主題等。

　　第二部分　判斷

　　1. 看拼音選漢字

　　2. 看漢字選拼音

　　上述兩項考核學生掌握運用漢語拼音工具的技能，以及分辨常用字詞語音的能力。

　　3. 選擇同音字

　　考核學生在沒有拼音參照的情況下，掌握和分辨常用字詞讀音的能力。

　　4. 選擇符合普通話規範的句子

　　考核學生辨別詞彙（包括量詞）和語法是否符合普通話規範的能力。

　　第三部分　朗讀

　　1. 朗讀字詞

　　考核學生朗讀普通話字詞的語音標準程度，包括輕聲、兒化、變調。

　　2. 朗讀短文

考核學生朗讀短文時，在連續的語流中，語音的準確和穩定程度以及流暢程度。

第四部分　說話

1. 先聆聽後說話

考核聆聽和復述的綜合能力

2. 按題說話

考核敍述和評論的能力

3. 回答問題

考核應對和交際的能力

上述第 1-3 項，考核學生在沒有文字憑藉的情況下，運用普通話傳意的能力，具體反映應試者的普通話語感、反應速度，說話的準確、流暢程度與條理性，並可展現應考者的復述、說明、描述、簡單評論等能力。上述不同的說話形式考查點各有側重，有難易差異。

表 1　試卷明細表

	內容	題型	答題方式	時間
聆聽、判斷	第一部分 聆聽： 選擇題 (19 題)	一、聽辨詞語	聆聽錄音，完成選擇題	約 10 分鐘
		二、聆聽話語		
	第二部分 判斷： 選擇題 (40 題)	一、看拼音選漢字	看電腦屏幕上的試題，完成選擇題	約 9 分鐘
		二、看漢字選拼音		
		三、選擇同音字		
		四、選擇符合普通話規範的句子		

內容		題型	答題方式	時間
朗讀、說話	第三部分 朗讀 (2 題)	一、朗讀字詞	從電腦屏幕看字詞和段落，通過話筒錄音	約 8 分鐘：包括 3 分鐘預覽，讀字詞 3 分鐘，讀短文 2 分鐘
		二、朗讀短文		
	第四部分 說話 (3 題)	一、先聽後説	從耳機聆聽語段，通過話筒錄音	聆聽 1 分鐘，聽完後 2 分鐘準備，1 分鐘説話
		二、按題説話	從耳機聆聽及從電腦屏幕看話題，通過話筒錄音	2 分鐘準備，1 分鐘説話
		三、回答問題		2 分鐘準備，1 分鐘説話
	4 個範疇	11 個部分	5 種答題方式	總時間約 45 分鐘

七、等級和等級描述

　　該考試將普通話水平劃分為六個等級：A 級為最高等級，此後依次為 B、C、D、E、F。各等級的描述詳見表 2。

表 2　等級水平描述

等級	等級水平説明
A	能準確地聆聽、理解簡單的普通話的對話和語段的意思；説話切題，表達完整，條理清楚；語音正確，發音清晰；語調自然流暢；詞彙、語法符合普通話的規範；能用流利的普通話進行溝通。
B	能正確地聆聽、理解簡單的普通話的對話和語段的意思；説話切題，表達完整，條理較清楚；語音基本正確，難點音存在少數錯誤，發音清晰；語調較自然；偶爾會出現不規範的詞彙和語法；能用順暢的普通話進行溝通。
C	能聽懂簡單的普通話的對話和語段的意思，但有時抓不住細節；説話大部分切題，表達基本完整，有條理；語音失誤較多，發音尚清楚；出現了一些不規範的詞彙和語法；基本上能用普通話進行溝通。

等級	等級水平説明
D	能基本聽懂簡單的普通話的對話和語段的意思，但有時抓不住主要信息及部分細節；説話基本符合題意；方音明顯，發音較為含糊；出現了較多的不規範的詞彙和語法；有系統性語音偏誤，但仍能被聽懂，有基本的傳意功能；勉強能用普通話進行日常溝通。
E	能部分聽懂很簡單的普通話的對話和語段的意思；會嘗試用普通話表達，但説得斷斷續續；方音很重，發音含糊；有很多不規範的詞彙和語法；語音偏誤嚴重，難以被聽懂；用普通話進行日常溝通有困難。
F	不予描述。

八、證書

　　考獲 D 級或以上等級的考生，可獲香港理工大學中文及雙語學系頒發《小學普通話水平考試》等級證書。

附錄二

小學普通話水平考試

試卷樣本

注 意 事 項

一、本考試在語言實驗室進行。聆聽、判斷兩部分為選擇題，考生用滑鼠在電腦屏幕上點擊正確答案作答；朗讀、說話兩部分，考生使用話筒錄音答題。

二、考生須看清楚屏幕上的說明，並按照要求在規定的時間內作答。請注意屏幕上的倒計時顯示。

香港理工大學中文及雙語學系編製

第一部分　聆聽

一、聽辨詞語

說明：

第 1-12 題是聽辨詞語。每題你會聽到一個詞語，請按題號從 ABC 三個選項中選出你聽到的詞語。每個詞語播放兩遍。每道題之間空 4 秒鐘，供你選擇答案。

例如，第 5 題，你看到三個選項：

○ A. 機會　　○ B. 智慧　　○ C. 自衛

你聽到：

5. 智慧　智慧

答案是 B，你應點擊 B 前面的小圓圈：

⊙ B

現在開始答題：

1.　A. 醫院	B. 意願	C. 議員
2.　A. 鞋子	B. 孩子	C. 盒子
3.　A. 正常	B. 增強	C. 珍藏
4.　A. 炸雞	B. 雜技	C. 襲擊
5.　A. 桂花	B. 揮發	C. 規劃
6.　A. 報紙	B. 佈置	C. 不止
7.　A. 好事	B. 考試	C. 告示
8.　A. 西區	B. 戲曲	C. 吸取
9.　A. 四年	B. 思念	C. 洗臉
10.　A. 北京	B. 白金	C. 背景

11. A. 自私　　　　　B. 仔細　　　　　C. 指使
12. A. 冒險　　　　　B. 模型　　　　　C. 毛線

二、聆聽話語

說明：

第 13-19 題是聆聽話語，聽完錄音後，請根據所提出的問題，從 ABC 三個選項中選出正確的答案。每題只播放一遍。每個問題後面空 10 秒鐘，供你選擇答案。

例如，第 18 題，你看到三個選項：

○ A. 方法不好　　　○ B. 練習太少　　　○ C. 臨場失誤

你聽到：

男：慧嫻，你的鋼琴八級通過了嗎？

女：別提了，臨時抱佛腳，怎麼可能通過呢？

18. 慧嫻失敗的原因是甚麼？

答案是 B，你應點擊 B 前面的小圓圈：

⊙ B

現在開始答題：

13. A. 恍然大悟　　　B. 責怪對方　　　C. 不敢相信
14. A. 江叔叔的　　　B. 王叔叔的　　　C. 張叔叔的
15. A. 校車　　　　　B. 的士　　　　　C. 公共汽車
16. A. 四歲　　　　　B. 七歲　　　　　C. 十歲
17. A. 稱讚他　　　　B. 譏笑他　　　　C. 贊同他
18. A. 小狗熊　　　　B. 小山羊　　　　C. 小白兔
19. A. 烤火　　　　　B. 堆雪人　　　　C. 講故事

聆聽部分完畢，接下來是判斷部分。這部分沒有錄音提示，請按照説明的要求並參考例題完成。答題時間一共 9 分鐘。畫面稍後會自動轉到判斷部分。

請摘下耳機。

第二部分　判斷

一、看拼音選漢字

説明：

第 20-29 題是根據漢語拼音，選出漢字。請從 ABC 三個選項中，選出讀音和前面漢語拼音完全相同的選項。

例如：

zhāo：○A. 招　　○B. 遭　　○C. 兆

答案是 A，你應點擊 A 前面的小圓圈：

⊙ A

現在開始答題，時間 2 分鐘。

20. jǐ：　　　A. 紙　　　　B. 紫　　　　C. 幾

21. zhuān：　A. 專　　　　B. 沾　　　　C. 捐

22. fēn：　　A. 蜂　　　　B. 昏　　　　C. 分

23. kùn：　　A. 抗　　　　B. 困　　　　C. 昆

24. zǒng：　A. 總　　　　B. 腫　　　　C. 縱

25. ǎi： A. 熬 B. 矮 C. 挨

26. gānxīn： A. 金星 B. 甘心 C. 艱辛

27. zhāodài： A. 招待 B. 教導 C. 交代

28. jīxiè： A. 紙屑 B. 致謝 C. 機械

29. yìngyāo： A. 音樂 B. 隱約 C. 應邀

二、 看漢字選拼音

説明：

第 30-39 題是根據漢字，選出漢語拼音。請從 ABC 三個選項中，選出讀音和前面漢字完全相同的選項。

例如：

存：○ A. céng 　　○ B. chún 　　○ C. cún

答案是 C，你應點擊 C 前面的小圓圈：

⊙C

現在開始答題，時間 2 分鐘。

30. 購： A. kòu B. gòu C. jiù

31. 壞： A. kuài B. huài C. wài

32. 恩： A. yīn B. ēn C. yīng

33. 勤： A. qín B. cún C. kén

34. 藥： A. yuè B. yào C. yuē

35. 能： A. náng B. léng C. néng

36. 足球：A. zūkóu B. zúqiú C. zhúkóu

37. 游泳：A. yóuyǒng B. yóuwèn C. yǎoyòng

38. 上網：A. shàngmǎng B. xiàngwǎng C. shàngwǎng

39. 塑料：A. sùliào B. shuòliáo C. shùliù

三、選擇同音字

說明：

第 40-49 題是選擇同音字。請從 ABC 三個選項中，選出和前面字詞的讀音完全相同的選項。例如：

九：○ A. 狗　　○ B. 酒　　○ C. 腳

答案是 B，你應點擊 B 前面的小圓圈：

⊙ B

現在開始答題，時間 2 分鐘。

40. 言：　A. 研　B. 吟　C. 然
41. 麥：　A. 買　B. 默　C. 賣
42. 黃：　A. 狂　B. 皇　C. 王
43. 比：　A. 北　B. 筆　C. 壁
44. 謝：　A. 蔗　B. 借　C. 蟹
45. 燒：　A. 消　B. 稍　C. 修
46. 齊：　A. 奇　B. 砌　C. 妻
47. 話：　A. 蛙　B. 襪　C. 化
48. 佳：　A. 該　B. 夾　C. 街
49. 成：　A. 呈　B. 層　C. 陳

四、選擇符合普通話規範的句子

說明：

第 50-59 題是對普通話規範說法的判斷。請從 ABC 三個選項中選出規範的句子。

例如：

○ A. 那間食肆大過這間好多。

○ B. 那家飯館大過這家好多。

○ C. 那家飯館比這家大得多。

答案是 C，你應點擊 C 前面的小圓圈：

⊙ C

現在開始答題，時間 3 分鐘。

---

50. A. 請給一枝鉛筆我。

　　B. 請給我一枝鉛筆。

　　C. 請給枝鉛筆過我。

51. A. 你比我強壯得多。

　　B. 你強壯過我很多。

　　C. 你比較我強壯很多。

52. A. 張先生人很好。

　　B. 張先生很好人。

　　C. 張先生很好人品。

53. A. 電視台有播放那場足球比賽。

　　B. 電視台播放過那場足球比賽。

　　C. 電視台有播過那場足球比賽。

54. A. 今天我功課多，你走先好了。

　　B. 明天是週末，我去買張電影票先。

　　C. 下午我去看病，先跟你打個招呼。

55. A. 消防隊及時趕到，將火警救滅。

　　B. 消防隊及時趕到，將火災救滅。

　　C. 消防隊及時趕到，將大火撲滅。

56. A. 沙田公路兩輛車相撞，一地玻璃碎。
    B. 沙田公路兩輛車相撞，一地碎玻璃。
    C. 沙田公路兩輛車相撞，一地碎玻璃碎。

57. A. 弟弟關頑皮的小狗起來。
    B. 弟弟把頑皮的小狗關起來了。
    C. 弟弟關起頑皮的小狗來了。

58. A. 我們要幫爸爸媽媽分擔家務。
    B. 老師簡報了這次夏令營活動的情況。
    C. 我們都不希望被別人標籤為落後學生。

59. A. 這部數碼相機只賣千三，很便宜。
    B. 這部數碼相機只賣千三元，很便宜。
    C. 這部數碼相機只賣一千三，很便宜。

判斷部分完畢，接下來是朗讀和説話部分。

朗讀及説話考試
注意事項

一、朗讀及説話兩部分，要從耳機聆聽指示及用話筒錄音。

二、錄音過程要注意以下各點：

(1) 戴上耳機後，話筒應在左邊，在嘴巴下方 3 厘米左右。

(2) 錄音時不要碰到話筒，發音要清晰、肯定，但要避免氣流直接噴到話筒上。

(3) 留意錄音顯示圖的波幅形狀，控制好錄音的音量。

請戴上耳機。畫面稍後會自動轉到朗讀部分。

第三部分　朗讀

以下是朗讀考試。請你先試做例題，然後做正式考題。

朗讀字詞考試要注意以下各項：

1. 屏幕上會顯示出要讀的字詞，請你點擊"**開始**"鍵，然後開始朗讀和錄音。讀完一個字詞後，可以點擊"**下一個**"鍵繼續。

2. 請注意按鍵和發音的配合，你應該先按"**錄音**"鍵，然後讀出字詞。每個字詞的錄音時間是 4 秒鐘，按鍵後就要開始發音，不要太慢。

3. 要注意錄音的完整性，請觀察錄音顯示圖裏的波幅形狀是否完整和恰當。

4. 如果你讀錯了想重錄，或者錄音顯示圖裏出現了提醒的字句，請按"**重錄**"鍵把當前的字詞再讀一遍。

5. 試做例題時，必須點擊"**播放**"鍵即時聽錄音，檢測效果。正式做題時不設播放功能。

(考生試做例題)

(考生預覽朗讀試題)

一、朗讀字詞

現在朗讀字詞，每個字詞的錄音時間 4 秒鐘，總時間 3 分鐘。

請開始：

60. 閃　　　內　　　森　　　帽　　　破

全　　　滾　　　刷　　　鐵　　　鴨

發作　　完成　　辛苦　　漁翁　　追求

出現　　　領獎　　　準備　　　龐大　　　小孩兒

湊熱鬧　　運動員　　環境保護

二、朗讀短文

現在朗讀短文。當讀錯時，應即時重讀這個詞語或句子。時間 2 分鐘。

請開始：

61. 夜深了，鏡片跟鏡框還在爭論不休。鏡片說："我的貢獻最大，主人是靠我才能看清楚的。"對方一聽不服氣了："那你離開我成嗎？"它反駁道："我就不信。"說着使勁兒掙脫了出來，結果"砰"的一聲碎了。而鏡框呢，沒了玻璃也成了廢物，被扔進了垃圾箱。

第四部分　說話

以下是說話考試。每道題的準備時間是 2 分鐘，說話時間是 1 分鐘，說話速度不要太慢。時間還剩下 15 秒時，屏幕上的時間會變成紅色提醒你。

一、先聽後說

第 62 題是先聆聽一段錄音，然後說話。聽錄音時，可在草稿紙上記下要點，聽完後，開始準備。當聽到要你說話的指令時，把聽到的主要內容告訴你的好朋友小平。

請聽錄音：

(播放錄音 ◀ 錄音內容見附錄 (一) "聆聽材料")

現在開始準備。

你有 1 分鐘的説話時間。

請開始。

二、按題説話

第 63 題是按題説話。聽到話題後，你可以在草稿紙上寫要點。在聽到要你説話的指令後，説 1 分鐘的話。

63. 請介紹一下你所在的學校的環境。

現在開始準備。

你有 1 分鐘時間回答問題。

請開始。

三、回答問題

第 64 題是回答問題。聽到問題後，你可以在草稿紙上寫要點。在聽到要你説話的指令後，説 1 分鐘的話。

64. 你最喜歡哪門課？為甚麼？

現在開始準備。

你有 1 分鐘時間回答問題。

請開始。

小學普通話水平考試結束，謝謝各位同學。請摘下耳機，等候監考老師的指示。

(考卷完)

附錄（一）

聆聽材料

第一部分　聆聽

一、聽辨詞語
1. 意願、意願
2. 孩子、孩子
3. 增強、增強
4. 炸雞、炸雞
5. 規劃、規劃
6. 不止、不止
7. 好事、好事
8. 吸取、吸取
9. 思念、思念
10. 北京、北京
11. 自私、自私
12. 毛線、毛線

二、聆聽話語

第 13 題請聽下面這段對話：

男：敏儀，聽說嘉樂感冒發燒進了醫院。

女：是嗎？我說呢，怪不得幾天不見他上學了。

13. 問：敏儀聽到嘉樂生病後有甚麼反應？

14-15 題請聽下面這段對話：

男：唉，小莉，你也在這兒等校車？

女：是呀，等了老半天了，車再不來就遲到了。

男：以前王叔叔特準時，換了張叔叔就不同了。不如咱們坐大巴去吧。

女：好的，車來了，上吧。

14. 問：小莉在等誰的車？

15. 問：他們倆最後坐甚麼交通工具到學校 ？

第 16-17 題請聽下面這段話：

　　孔融是孔子的第二十代孫，出生在東漢的魯國，也就是今天的山東。他四歲讓梨，十歲隨父親到京城洛阳，那一年他就能寫出精彩的詩文，平時説話也非常機智，所以人們都叫他“神童”。可是有個姓陳的官員卻不以為然，對孔融説：“你小時候聰明，長大了不一定有出息。”孔融立刻回答道：“按照大人的説法，您小時候一定很聰明吧？”那個人立刻無話可説了。

16. 問：孔融多大時能寫出精彩的詩文？

17. 問：孔融説姓陳的小時候聰明有甚麼用意？

第 18-19 題請聽下面這段話：

　　冬天的風，像個愛吹口哨的小男孩兒。他到了哪兒，哪兒就會熱鬧起來。

　　這調皮的傢伙，特別愛開玩笑。怕冷的小狗熊，一到冷天就待在家裏烤火。風就使勁兒地拍打他的窗戶，催他到雪地裏玩耍。敲窗子的聲音把鄰居小山羊、小白兔也驚醒了。

　　小狗熊和他倆來到院子裏，一起堆了個大雪人。晚上，冬天的風給小動物們講着古老的傳説。他似乎有講不完的故事，每天夜晚從不間斷，一直講到第二年的春天。

18. 問：冬天的風拍打誰的窗戶？

19. 問：小動物們完成了甚麼集體活動？

第四部分　説話

一、先聽後説

　　為了推動本港的閱讀活動，下星期六，好幾家書店將在奧海城商場舉辦兒童讀物展覽。這次書展將展出各種兒童讀物，有孩子們喜愛的童話故事和漫畫等。展覽期間，所有書籍半價出售。在書展開幕式上，有受兒童歡迎的歌手為大家演唱，還有著名的兒童文學作家為小朋友們簽名。估計這次參加的人數會比去年更多。你也快和爸爸媽媽一塊兒來吧！

附錄（二）

選擇題參考答案

第一部分　聆聽

一、聽辨詞語

題號	1	2	3	4	5	6	7	8	9	10	11	12
答案	B	B	B	A	C	C	A	C	B	A	A	C

二、聆聽話語

題號	13	14	15	16	17	18	19
答案	A	C	C	C	B	A	B

第二部分　判斷

一、看拼音選漢字

題號	20	21	22	23	24	25	26	27	28	29
答案	C	A	C	B	A	B	B	A	C	C

二、看漢字選拼音

題號	30	31	32	33	34	35	36	37	38	39
答案	B	B	B	A	B	C	B	A	C	A

三、選擇同音字

題號	40	41	42	43	44	45	46	47	48	49
答案	A	C	B	B	C	B	A	C	B	A

四、選擇符合普通話規範的句子

題號	50	51	52	53	54	55	56	57	58	59
答案	B	A	A	B	C	C	B	B	A	C

附錄三

小學普通話水平考試藍圖、樣卷問卷調查及結果

一、 "小學普通話水平考試藍圖、樣卷" 問卷調查

各位校長、老師：

　　請您撥冗完成這份問卷，並對試題提出寶貴的建議和意見，建議和意見可包括形式和內容、數量和質量等。您所提供的資料將有助於試卷的設計和改進。謝謝。

香港理工大學中文及雙語學系語文測試組

2008 年 2 月 25 日

(一) 請填寫下列問卷：(在方格內打 ✓)

調查項	選擇項			建議和意見
	適合	較適合	不適合	
聆聽理解				
1-10 聽辨詞語				
11-15 聆聽理解句子				
16-17 聆聽理解對話				
18-20 聆聽理解語段				
閱讀判斷				
21-30 判斷字音				
31-35 判斷同音字				

調查項	選擇項			建議和意見
	適合	較適合	不適合	
36-40 判斷規範説法				
朗讀部分				
41-63 朗讀字詞				
64-69 朗讀句子				
70 朗讀短文				.
説話部分				
71 看圖説話				
72 答題説話				
備選説話題				
・情境説話				
・依題説話				

(二) 請書面填寫以下調查項目：

調查內容	修定意見要點
1. 你認為試題的整體結構是否合理？如 存在問題，怎樣修定？	
2. 你認為試題的數量是否適當？如不適 當，應如何調整？	
3. 你認為試題的難度是否適當？如不適 當，應如何調整？	

調查內容	修定意見要點
4. 你認為考生考前要做額外的準備嗎？如果需要，得做哪些準備？	
5. 試題和課程教材配合嗎？如不配合，試題應怎樣改？	
6. 試題對教學會產生甚麼樣的影響？如果有負面影響，應怎樣克服？	
7. 不考漢語拼音譯寫你能接受嗎？會否影響到漢語拼音的教學？	
8. 你認為考試時間 40 分鐘適當嗎？如不適當，多長時間為宜？	
9. 你認為試題能否考出學生的實際水平？如不能，應怎樣改變？	
10. 其他	

填寫人姓名 (可選擇不填寫) ＿＿＿＿＿＿＿＿＿＿＿＿＿＿

＊填妥的問卷請交回九龍紅磡香港理工大學中文及雙語學系語文測試組收，或傳真至 2364 4742。

二、 "小學普通話水平考試藍圖、樣卷" 問卷調查結果

1. 共收到 10 份問卷

2. 分測驗適當的程度

調查項	選擇項			建議和意見
	適合	較適合	不適合	
聆聽理解				
1-10 聽辨詞語	8 (80%)	2 (20%)	0	- 提供 3 個選項是合理的 - 儘量不要有地方名一類的詞語 - 放大答案格子，填滿 / 塗滿格子方法更好，用電腦選項更好

調查項	選擇項			建議和意見
	適合	較適合	不適合	
11-15 聆聽理解句子	8 (80%)	2 (20%)	0	- 句子的內容不宜寫在卷子上 - 程度適中 - 問句顯示出來較好 - 有一道題目可按常識作答
16-17 聆聽理解對話	5 (50%)	5 (50%)	0	- 建議直接使用聆聽理解語段，具體劃分體現在試卷藍圖中 - 北方用語比較多
18-20 聆聽理解語段	6 (60%)	4 (40%)	0	- 注意語段不宜過長 - 建議直接使用聆聽理解語段，具體劃分體現在試卷藍圖中
閱讀判斷				- 建議修改名稱為書面判斷
21-30 判斷字音	9 (90%)	1 (10%)	0	- 建議字音與同音合併，能否增加詞語語音判斷 - 可酌量加數個雙音節詞
31-35 判斷同音字	10 (100%)	0	0	- 建議字音與同音合併，能否增加詞語語音判斷 - 可酌量加數個雙音節詞 - "冉"，問題在學生是否懂這個字
36-40 判斷規範說法	8 (80%)	2 (20%)	0	- 內容和形式是合適的 - 同一題的選項最好是表達同一的主題
朗讀部分				
41-63 朗讀字詞	9 (90%)	1 (10%)	0	- 數量尚可，能綜合各類詞彙及語音知識 - 或許可減少四分之一音節
64-69 朗讀句子	7 (70%)	2 (20%)	0	- 配合語氣朗讀 - 評分標準要小心，語氣影響聲調
70 朗讀短文	6 (60%)	4 (40%)	0	- 注意文章的深淺程度及預備的時間 - 時間、內容和字詞的選取程度 - 有角色的對話，學生可能要花心思考慮語氣

調查項	選擇項			建議和意見
	適合	較適合	不適合	
説話部分				
71 看圖説話	4 (40%)	6 (60%)	0	- 提供字詞較多，可提供圖畫，增加吸引力 - 説話，詞語多了點 - 主題最好貼近學生生活經驗和興趣 - 圖畫要清晰，可提供詞語 - 用卡通可能比較好，在電腦熒光幕上可出現彩色 - 圖片最好是畫出來而且較立體的，不需讓學生看得太費勁
72 答題説話	6 (60%)	3 (30%)	0	- 時事話題對小學生較不合適
備選説話題				
・情境説話	4 (40%)	1 (10%)	0	- 最好與日常生活有關或他們的經驗中的題目
・依題説話	4 (40%)	1 (10%)	0	- 題目不能太長 - 最好與日常生活有關或他們的經驗中的題目

3. 修訂意見

調查內容	修訂意見要點
1. 你認為試題的整體結構是否合理？如存在問題，怎樣修定？	- 合理 - 要注意題目深淺度
2. 你認為試題的數量是否適當？如不適當，應如何調整？	- 適當 - 朗讀短文和説話能否考慮增加 1-2 題 - 朗讀句子，數量稍多 - 説的部分較多

調查內容	修訂意見要點
3. 你認為試題的難度是否適當？如不適當，應如何調整？	- 朗讀句子可減少一題，因學生也要考慮要讀出句子中的語氣及感情 - 可以接受 - 難度適當，少部分題目過深，個別題目過淺 - 略難，但可以接受 - 理解句子部分的問題要直接和容易找到答案 - 應有 20% 部分偏向較難的題目以考核出特別優秀的表現，則此考試才更有價值
4. 你認為考生考前要做額外的準備嗎？如果需要，得做哪些準備？	- 需要，學生參與小組討論或說話，讓他們作適應 - 需要，熟悉測試形式、過程、減少誤差 - 需要理解同音字 (要提醒他們) - 字詞朗讀，拼音知識
5. 試題和課程教材配合嗎？如不配合，試題應怎樣改？	- 試題應該較生活化，和學生的生活經歷相關 - 注意說話的內容選材 - 大致配合 - 不清楚
6. 試題對教學會產生甚麼樣的影響？如果有負面影響，應怎樣克服？	- 學生會更注意拼音及聽辨說話內容的理解 - 有好的影響，說話 1.5 分鐘，2 分鐘 - 多關心時事 - 可加強真實的聽說能力 - 此問題需在施考一段時間看它的影響而定，因它如今仍未成為必考的試

調查內容	修訂意見要點
7. 不考漢語拼音繹寫你能接受嗎？會否影響到漢語拼音的教學？	- 不可以，因為那是普通話的重點 - 可以，不會 - 拼音系統宜另開編章考 - 按今日的普通話教學課時少，使用普通話的機會不多，以致影響漢語拼音的運用，依老師多年教授拼音的經驗，能很好地掌握普通話拼音的學生不多
8. 你認為考試時間 40 分鐘適當嗎？如不適當，多長時間為宜？	- 適當 - 可以接受 - 筆試和口試之間要有休息時間 - 小六學生可考 40-50 分鐘
9. 你認為試題能否考出學生的實際水平？如不能，應怎樣改變？	- 可以 - 多增加情景化題目
10. 其他	- 一般學校的普通話課不會是重點科目，老師學生們都在忙於補習中英數等需要交教據的科目，學生哪還有精力與興趣去鑽研普通話的拼音，而且香港學生接觸普通話的機會和層面都不太多，故要一個小學生掌握好拼音和把很多不太會讀的詞以拼音表達實在是有點困難，希望這個水平考試把拼音部分的分額比例稍降，並在成績表上表示出來，以供家長學生知道學生能力的長短。

附錄四

小學普通話水平考試預試情況紀錄表

預試日期：2008 年 ＿＿＿ 月 ＿＿＿ 日

預試學校：＿＿＿＿＿＿＿＿＿＿＿＿＿＿

填表人：＿＿＿＿＿＿＿＿＿＿＿＿

填表日期：2008 年 ＿＿＿ 月 ＿＿＿ 日

一、具體情況

（一）聆聽理解選擇題

項目	具體情況			
	現行電腦考試系統是否有問題？如有，可如何改進？	學生正式作答時間太長或太短？如需調整，以多長為宜？	題目難度是否適當？如有問題，可如何改進？	學生是否明白指示語？可如何改進？
1. 聽辨詞語				
2. 理解句子				
3. 理解對話和語段				

（二）書面判斷選擇題

項目	具體情況			
	現行電腦考試系統是否有問題？如有，可如何改進？	學生正式作答時間太長或太短？如需調整，以多長為宜？	題目難度是否適當？如有問題，可如何改進？	學生是否明白指示語？可如何改進？
1. 判斷字音				
2. 判斷同音字				
3. 判斷普通話規範説法				

（三）朗讀

項目	具體情況			
	現行電腦考試系統是否有問題？如有，可如何改進？	學生正式作答時間太長或太短？如需調整，以多長為宜？	題目難度是否適當？如有問題，可如何改進？	學生是否明白指示語？可如何改進？
1. 讀字詞				
2. 朗讀句子				
3. 朗讀短文				

(四) 說話

項目	具體情況			
	現行電腦考試系統是否有問題？如有，可如何改進？	學生正式作答時間太長或太短？如需調整，以多長為宜？	題目難度是否適當？如有問題，可如何改進？	學生是否明白指示語？可如何改進？
1. 先聽後說				
2. 按要求說話				
3. 根據提問說話				

二、總體情況

(一) 指導語：是否清楚？如何改進？

(二) 系統及技術：電腦系統是否順暢？學生使用電腦應考有甚麼困難？

(三) 試題：難度、題型等是否適當？

三、其他情況

附錄五

小學生普通話程度專家評估：內容及評分標準

第一份文件：專家用 （2008 年 7 月）

1. 評估方法：1. 漫談式雙向對話；（即時進行）

　　　　　　　2. 專題式定向説話。（有約 3 分鐘的準備時間）

2. 評估時間：每題 2 分鐘，共 4 分鐘；

3. 評估內容：説話內容涉及到個人、家庭、學校、社會。

1. 漫談式雙向對話（2 分鐘，50 分）：

師：你好。

生：

師：請問你叫甚麼名字？

生：

師：爸爸媽媽給你起這個名字有甚麼含意呢？

生：

師：能説説家裏都有哪些人嗎？

生：

師：家離這兒遠嗎？每天怎麼到學校？

生：

師：説説你每天的作息時間好嗎？

生：

師：課餘時間你會做些甚麼？

生：

師：你還有甚麼興趣和愛好？

生：

師：功課壓力大的時候你會用甚麼方法減壓？

生：

師：讀過《哈里波特》嗎？你最喜歡哪個人物？

生：

師：你了解即將在中國舉行的奧運會嗎？說説看。

生：

師：謝謝你和我談心。

生：

師：再見。

（説明：專家要及時轉換話題，控制話輪。如果學生説得較少，時間不夠，老師可再發問，至兩分鐘為止。）

　　2. 專題式定向説話（2 分鐘，50 分）專家：你準備好了嗎？請説話。

（完）

第二份文件：考生用

試卷 A

　　考生姓名：＿＿＿＿＿＿＿

　　考生編號：＿＿＿＿＿＿＿

學生考前準備

　　1. 漫談式雙向對話（2 分鐘，50 分）：

　　專家和考生即時對話，不需要做任何準備。

　　2. 專題式定向説話（2 分鐘，50 分）：

　　從以下兩個題目中任選一題，説話時間為兩分鐘。現在你有 3 分鐘的準備時間，可以寫提綱，但説話時不要看着稿子讀。請注意語音的準確和詞彙、語法的規範。聽到老師的指令後，開始說話。

（1） 我最敬佩的人

（2） 我最愛看的電視節目

草稿：

試卷 B

考生姓名：＿＿＿＿＿＿＿

考生編號：＿＿＿＿＿＿＿

學生考前準備

1. 漫談式雙向對話（2 分鐘，50 分）：

專家和考生即時對話，不需要做任何準備。

2. 專題式定向說話（2 分鐘，50 分）：

從以下兩個題目中任選一題，說話時間為兩分鐘。現在你有 3 分鐘的準備時間，可以寫提綱，但說話時不要看着稿子讀。請注意語音的準確和詞彙、語法的規範。聽到老師的指令後，開始說話。

（1） 我最尊敬的老師

（2） 我最樂意做的事情

草稿：

第三份文件：小學生普通話程度專家評估評分標準和評分表

考生姓名：＿＿＿＿＿＿＿＿＿＿＿＿＿＿

考生編號：＿＿＿＿＿＿＿＿＿＿＿＿＿＿

一、漫談式雙向對話評分表（總分 50 分）

（專家用表一）

語音	錯音	10 個以下	11-20	21-30	31-40	41 個以上
	得分	32	28	25	21	18

詞彙語法	錯誤	0 次	1-2 次	3-5 次	6-8 次	9 次以上
	得分	5	4	3	2	1

語調和停連	流暢度	很流暢	流暢	尚流暢	欠流暢	不流暢
	得分	5	4	3	2	1

信息量	內容	信息量大	信息量較大	信息量小	信息量很小	信息量極小
	得分	5	4	3	2	1

整體	等級	41-47/A	35-40/B	28-34/C	22-27/D	1-21/X
	總分					

二、專題式定向說話（2 分鐘，總分 50 分）

聽到老師的指令後，開始說話。

A 卷：(1) 我最敬佩的人／(2) 我最愛看的電視節目

B 卷：(1) 我最尊敬的老師／(2) 我最樂意做的事情

專題式單向說話評分表（總分 50 分）

（專家用表二）

語音	錯音	10 個以下	11-20	21-30	31-40	41 個以上
	得分	32	28	25	21	18

詞彙語法	錯誤	0 次	1-2 次	3-5 次	6-8 次	9 次以上
	得分	5	4	3	2	1

語調和停連	流暢度	很流暢	流暢	尚流暢	欠流暢	不流暢
	得分	5	4	3	2	1

信息量	內容	信息量大	信息量較大	信息量小	信息量很小	信息量極小
	得分	5	4	3	2	1

整體	等級	41-47/A	35-40/B	28-34/C	22-27/D	1-21/X
	總分					

評分專家簽名：＿＿＿＿＿＿＿＿＿＿

附錄六

小學生普通話問卷

姓名：＿＿＿＿＿＿　　　　填寫日期：2008 年 7 月 ＿＿＿＿＿ 日

（回答方法：在 □ 內打 ✓；在 ＿＿＿＿＿ 上寫字）

一、學校 ＿＿＿＿＿＿＿＿＿＿＿＿＿

二、年級　□(1) 小五　□(2) 小六　□(3) 其他 ＿＿＿＿＿

三、性別　□(1) 男　　　　□(2) 女

四、年齡 ＿＿＿＿＿＿

五、在家日常所說語言：□(1) 粵語　　□(2) 普通話
□(3) 英語　　□(4) 其他 ＿＿＿＿＿＿

六、在家收看、收聽電視及廣播的主要語言：
□(1) 粵語　□(2) 普通話　□(3) 英語　□(4) 其他 ＿＿＿＿＿

我在家看或聽普通話娛樂的類型：

類型	頻率 (每週次數)	
七、普通話電視劇／廣播劇	□(1) 0 次	□(2) 1 次
	□(3) 2-3 次	□(4) 4-5 次
	□(5) 6-7 次	
八、普通話資訊節目	□(1) 0 次	□(2) 1 次
	□(3) 2-3 次	□(4) 4-5 次
	□(5) 6-7 次	
九、普通話綜合節目	□(1) 0 次	□(2) 1 次
	□(3) 2-3 次	□(4) 4-5 次
	□(5) 6-7 次	

十、普通話歌曲　　　　　□ (1) 0 次　　□ (2) 1 次
　　　　　　　　　　　　□ (3) 2-3 次　□ (4) 4-5 次
　　　　　　　　　　　　□ (5) 6-7 次

十一、每週閱讀中文書和報刊時數：

□ 少於 1 小時　□1-3 小時　□4-6 小時　□7-9 小時

□10 小時以上

(圈出適當數字)

我認為：	極不同意	不同意	一般	同意	極同意
十二、我喜歡說普通話	1	2	3	4	5
十三、說好普通話十分重要	1	2	3	4	5
十四、我能純熟使用漢語拼音幫助學習	1	2	3	4	5
十五、我喜歡上中國語文課	1	2	3	4	5
十六、我的中國語文水平很好	1	2	3	4	5

(完)

附錄七

小學生校內普通話成績

說明：

1. 請提供參加考試考生本年度其中一次普通話考試的成績。

2. 此表為收集數據作研究之用，所有資料將保密。

學校名稱：_____

聯絡人：_____

電話：_____

考試年度及學期考試：07-08 年 _____

序號	中文姓名	班別	班號	筆試總分	朗讀分數	說話分數	考試總分
1							
2							
3							
4							
5							
6							
7							
8							
9							
10							
11							
12							
13							
14							
15							

附錄八

任課老師對小學生普通話能力評定表

評分方法：

表中共有 5 項，每項目分為 5 等，1 為最低、最弱，5 為最高、最佳。請為每一項目評等級。

例如，掌握拼音極弱，可以給 1；聆聽理解分極佳，可以給 5。

註：

1. 請科任老師就各項目給學生的普通話水平評分。

2. 此表以班為單位，每班一張。只評報名參加 7 月考試的學生。

3. 評分只為整體印象分，不必另外考核。

4. 此表為收集數據所研究之用，所有資料將保密。

學校名稱：＿＿＿＿＿＿＿＿＿

聯絡人：＿＿＿＿＿＿＿＿＿

電話：＿＿＿＿＿＿＿＿＿

考試年度及學期考試：07-08 年 ＿＿＿＿＿＿＿＿＿

班別：＿＿＿＿＿＿＿＿＿

序號	中文姓名	班號	聆聽理解能力	朗讀能力	說話表達能力	掌握拼音	對普通話的興趣
1							
2							
3							
4							
5							
6							

序號	中文姓名	班號	聆聽理解能力	朗讀能力	說話表達能力	掌握拼音	對普通話的興趣
7							
8							
9							
10							
11							
12							
13							
14							
15							

附錄九

小學生普通話水平考試題目難度分析結果

題目序號	總體難度	未達標組	達標組	組間差異	區分度
1	0.90	0.86	0.96	0.10	0.30
2	0.83	0.70	1.00	0.30	0.62
3	0.85	0.75	0.98	0.23	0.74
4	0.89	0.80	1.00	0.20	0.43
5	0.93	0.89	0.98	0.09	0.51
6	0.98	0.96	1.00	0.04	0.23
7	0.72	0.59	0.87	0.28	0.61
8	0.90	0.89	0.91	0.02	0.35
9	0.97	0.95	1.00	0.05	0.39
10	0.84	0.79	0.91	0.13	0.47
11	0.77	0.70	0.87	0.17	0.43
12	0.38	0.23	0.57	0.33	0.44
13	0.70	0.63	0.78	0.16	0.44
14	0.93	0.91	0.96	0.05	0.42
15	0.82	0.71	0.96	0.24	0.60
16	0.69	0.54	0.87	0.33	0.41
17	0.64	0.54	0.76	0.23	0.40
18	0.57	0.41	0.76	0.35	0.41
19	0.80	0.68	0.96	0.28	0.43
20	0.80	0.70	0.93	0.24	0.48
21	0.71	0.57	0.87	0.30	0.41
22	0.65	0.46	0.87	0.41	0.60

題目序號	總體難度	未達標組	達標組	組間差異	區分度
23	0.72	0.54	0.93	0.40	0.61
24	0.53	0.38	0.72	0.34	0.46
25	0.75	0.63	0.89	0.27	0.45
26	0.49	0.30	0.72	0.41	0.30
27	0.48	0.27	0.74	0.47	0.56
28	0.51	0.29	0.78	0.50	0.64
29	0.83	0.70	1.00	0.30	0.48
30	0.68	0.52	0.87	0.35	0.49
31	0.61	0.45	0.80	0.36	0.46
32	0.73	0.59	0.89	0.30	0.47
33	0.56	0.36	0.80	0.45	0.57
34	0.39	0.21	0.61	0.39	0.47
35	0.48	0.36	0.63	0.27	0.36
36	0.80	0.68	0.96	0.28	0.38
37	0.63	0.48	0.80	0.32	0.36
38	0.40	0.18	0.67	0.50	0.55
39	0.50	0.29	0.76	0.48	0.57
40	0.79	0.71	0.89	0.18	0.26
41	0.82	0.68	1.00	0.32	0.43
42	0.83	0.75	0.93	0.18	0.35
43	0.90	0.82	1.00	0.18	0.39
44	0.78	0.75	0.83	0.08	0.20
45	0.66	0.61	0.71	0.10	0.11
46	0.89	0.86	0.93	0.08	0.19
47	0.79	0.79	0.80	0.02	0.14
48	0.72	0.64	0.80	0.16	0.28

題目序號	總體難度	未達標組	達標組	組間差異	區分度
49	0.67	0.46	0.91	0.45	0.56
50	0.83	0.77	0.91	0.15	0.24
51	0.78	0.73	0.85	0.12	0.27
52	0.49	0.36	0.65	0.30	0.40
53	0.70	0.52	0.91	0.40	0.42
54	0.91	0.84	1.00	0.16	0.38
55	0.72	0.57	0.89	0.32	0.41
56	0.60	0.45	0.78	0.34	0.43
57	0.94	0.94	0.95	0.02	0.07
58	0.84	0.77	0.93	0.17	0.25
59	0.95	0.95	0.96	0.01	0.10
60	0.44	0.11	0.85	0.74	0.71
61	0.84	0.71	1.00	0.29	0.42
62	0.62	0.48	0.78	0.30	0.43
63	0.83	0.71	0.98	0.26	0.43
64	0.79	0.64	0.98	0.34	0.52
65	0.59	0.46	0.74	0.27	0.40
66	0.66	0.46	0.89	0.43	0.50
67	0.66	0.63	0.70	0.07	0.24
68	0.79	0.66	0.96	0.30	0.33
69	0.47	0.23	0.76	0.53	0.59
70	0.75	0.63	0.89	0.27	0.47
71	0.44	0.30	0.61	0.31	0.40
72	0.91	0.84	1.00	0.16	0.25
73	0.90	0.86	0.96	0.10	0.22
74	0.60	0.41	0.83	0.42	0.52

題目序號	總體難度	未達標組	達標組	組間差異	區分度
75	0.84	0.73	0.98	0.25	0.45
76	0.90	0.84	0.98	0.14	0.31
77	0.93	0.93	0.93	0.01	0.02
78	0.42	0.25	0.63	0.39	0.80
79	0.73	0.68	0.80	0.11	0.60
80	0.57	0.52	0.64	0.11	0.46
81	0.54	0.44	0.67	0.23	0.73
82	0.56	0.51	0.63	0.11	0.60
83	0.77	0.75	0.80	0.05	0.31
84	0.63	0.58	0.70	0.12	0.57
85	0.53	0.44	0.64	0.20	0.74
86	0.68	0.63	0.75	0.12	0.57
87	0.74	0.72	0.77	0.05	0.20
88	0.70	0.65	0.75	0.10	0.57
89	0.49	0.37	0.64	0.27	0.74
90	0.66	0.62	0.71	0.09	0.54
91	0.77	0.76	0.78	0.02	0.12
92	0.69	0.65	0.75	0.11	0.54

商務印書館 讀者回饋咭

請詳細填寫下列各項資料，傳真至2565 1113，以便寄上本館門市優惠券，憑券前往商務印書館本港各大門市購書，可獲折扣優惠。

所購本館出版之書籍：＿＿＿＿＿＿＿＿＿＿＿＿＿＿＿＿＿＿＿＿

購書地點：＿＿＿＿＿＿＿＿＿＿＿＿ 姓名：＿＿＿＿＿＿＿＿＿＿＿

通訊地址：＿＿＿＿＿＿＿＿＿＿＿＿＿＿＿＿＿＿＿＿＿＿＿＿＿

電話：＿＿＿＿＿＿＿＿＿＿＿＿ 傳真：＿＿＿＿＿＿＿＿＿＿＿

電郵：＿＿＿＿＿＿＿＿＿＿＿＿＿＿＿＿＿＿＿＿＿＿＿＿＿＿＿

您是否想透過電郵或傳真收到商務新書資訊？ 1□是 2□否

性別：1□男 2□女

出生年份：＿＿＿＿＿年

學歷：1□小學或以下 2□中學 3□預科 4□大專 5□研究院

每月家庭總收入：1□HK$6,000以下 2□HK$6,000-9,999
　　　　　　　　3□HK$10,000-14,999 4□HK$15,000-24,999
　　　　　　　　5□HK$25,000-34,999 6□HK$35,000或以上

子女人數（只適用於有子女人士） 1□1-2個 2□3-4個 3□5個以上

子女年齡（可多於一個選擇） 1□12歲以下 2□12-17歲 3□18歲以上

職業：1□僱主 2□經理級 3□專業人士 4□白領 5□藍領 6□教師 7□學生
　　　8□主婦 9□其他

最多前往的書店：＿＿＿＿＿＿＿＿＿＿＿＿＿＿＿＿＿＿＿＿＿＿＿

每月往書店次數：1□1次或以下 2□2-4次 3□5-7次 4□8次或以上

每月購書量：1□1本或以下 2□2-4本 3□5-7本 2□8本或以上

每月購書消費：1□HK$50以下 2□HK$50-199 3□HK$200-499 4□HK$500-999
　　　　　　　5□HK$1,000或以上

您從哪裏得知本書：1□書店 2□報章或雜誌廣告 3□電台 4□電視 5□書評/書介
　　　　　　　　6□親友介紹 7□商務文化網站 8□其他(請註明：＿＿＿＿＿＿)

您對本書內容的意見：＿＿＿＿＿＿＿＿＿＿＿＿＿＿＿＿＿＿＿＿＿
＿＿＿＿＿＿＿＿＿＿＿＿＿＿＿＿＿＿＿＿＿＿＿＿＿＿＿＿＿＿＿

您有否進行過網上購書？ 1□有 2□否

您有否瀏覽過商務出版網(網址：http://www.commercialpress.com.hk)？1□有 2□否

您希望本公司能加強出版的書籍：1□辭書 2□外語書籍 3□文學/語言 4□歷史文化
　　　5□自然科學 6□社會科學 7□醫學衛生 8□財經書籍 9□管理書籍
　　　10□兒童書籍 11□流行書 12□其他(請註明：＿＿＿＿＿＿＿＿＿)

根據個人資料「私隱」條例，讀者有權查閱及更改其個人資料。讀者如須查閱或更改其個人資料，請來函本館，信封上請註明「讀者回饋咭-更改個人資料」

香港筲箕灣
耀興道3號
東滙廣場8樓
商務印書館（香港）有限公司
顧客服務部收